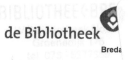

De ster van het hotel

Voor Frances Stokes
(*Froggy voor vrienden*)

www.defonteinkinderboeken.nl

Oorspronkelijke titel: *The Bed and Breakfast Star*
© 1994 Jacqueline Wilson

© 2009 voor Nederland:
Uitgeverij De Fontein, Baarn
Vertaling: Anne-Marie Vervelde
Omslagafbeelding en illustraties: Juliette de Wit
Boekverzorging: blauwblauw – design | bno
ISBN 978 90 261 2669 7
NUR 282, 283

© 2009 voor Vlaanderen:
Davidsfonds Uitgeverij NV
Blijde-Inkomststraat 79, 3000 Leuven
www.davidsfondsuitgeverij.be
ISBN 978 90 261 2669 7
D/ 2009 / 2952 / 41

★ Jacqueline Wilson ★

De Ster van het hotel

De Fontein
Davidsfonds/Infodok

Mijn bedden 1 tot en met 6

Weet je hoe iedereen me nu noemt? *Hotel-kind.* Dat is wat ze op het schoolplein naar me roepen. Zelfs de leraren zeggen het. Nou ja, niet rechtstreeks tegen mij. Maar ik hoorde er een zeggen: 'O, dat is een van die *hotelkinderen.*' Echt, dat zeggen ze. *Hotelkind!* Alsof ik de hele dag met sleutels loop te rammelen en er een lichtreclame op mijn lichaam zit. De H op mijn hoofd, de O op mijn mond, de T op mijn telefoonbotje, de E op mijn been en de L op mijn laars.

Grappig, hè? Er is alleen niks van waar!

Ik ben Elsa. Vind je mijn naam leuk? Ik hoop het maar, want anders gaat Elsa

5

huilen. Grapje. Ik huil nooit. Ik maak liever grapjes! Niet dat iedereen er altijd om moet lachen, dat niet.

Ik wed dat je niemand kent die Elsa heet. Een halve eeuw geleden was er een leeuwin met die naam. Mijn moeder had een boek over haar gelezen en de film gezien. Toen ik werd geboren, was ik superklein, de andere baby's in het ziekenhuis waren allemaal groter. Maar geen van hen had zo'n grote bos haar als ik. Echt waar. De meeste baby's zijn kaal, maar ik had stevige lange haren. Mam borstelt ze altijd zo dat het net leeuwenmanen lijken. En ze vernoemde mij naar haar lievelingsleeuw.

Niet alleen zag ik eruit als een leeuw, ik klonk er ook naar. Hoe klein mijn longen ook waren, ik maakte het meeste lawaai van iedereen. Ik schreeuwde dag en nacht. De verpleegsters werden gek van me, en mijn moeder helemaal. Ze zegt wel eens dat ze me beter in het ziekenhuisbedje achter had kunnen laten met al mijn geschreeuw. Mams grapjes zijn niet altijd zo grappig als die van mij. Mijn ziekenhuisbed, bed nummer 1, was van ijzer en had geen hemeltje. Logisch dat ik blèrde!

Bed 2 was thuis: het eendenledikant. Op de

achterwand was een eend geschilderd. Het was zo'n bed met houten spijltjes. Ik deed net of ik een leeuw in een kooi was. Ik brulde zo hard ik kon.

We hebben het eendenledikant heel lang gehad. Elke verhuizing sleepten we het weer mee. Totdat... Nou ja, dat hoor je nog wel.

Toen ik klein was, speelde ik in het ledikant. Als je het op de zijkant legt, heb je een gezellig huisje. Ik speelde ook wel dat het een auto was of een kasteel.

Toen mijn zusje Pippa werd geboren, raakte ik mijn speelhuis en auto en kasteel kwijt. Zij kreeg het bed. Ik heb het nog wel opgevrolijkt voor haar. Ik heb vogels en hartjes om de eend heen getekend, en aan de spijltjes strikken en bloemen gehangen. Niet dat het Pippa opviel. Ze sliep veel meer dan ik. Ze huilde bijna niet.

Nu is ze geen baby meer. Ze is bijna vijf, de helft van mij. Ze zou ook half zo groot als ik moeten zijn, maar dat is niet zo. Zij is niet zo'n ieniemini als ik. Als ik niet uitkijk, groeit ze me binnenkort voorbij.

Ik heb ook een broertje, Boris. Boris de Beer. Hij heeft ook in het eendenledikant geslapen. Hij paste er ongeveer vijf minuten in. Ik ben klein en

Pippa is lang, maar Boris is mega. Hij is lang en breed. Ook al is hij nog een baby, je hebt een hijskraan nodig om hem op te pakken. Als hij bij je op schoot zit, word je geplet. Als hij aan komt kruipen en je staat in de weg, heb je kans om platgewalst te worden.

Pippa en Boris zijn mijn halfzus en halfbroer. Dat klinkt gek, alsof ze niet helemaal heel zijn. Maar dat zijn ze natuurlijk wel! We hebben dezelfde moeder, maar ik heb een andere vader.

Mijn eigen vader heeft nooit bij ons gewoond. Toen ik klein was kwam hij een keer langs. Hij nam me mee naar de dierentuin en we keken naar de echte leeuwen. Volgens mam was ik pas twee jaar. Toch weet ik het nog precies. Ik vond de leeuwen geweldig. Mijn vader tilde me op zodat ik ze goed kon zien. Ze brulden naar me en ik brulde terug. Maar ik denk dat ik te lang en te hard heb gebruld. Mijn vader heb ik sinds die keer niet meer gezien.

Mam zegt dat we het niet erg vonden. Zonder hem hadden we het beter. Alleen wij met ons tweetjes.

Het ging ook allemaal goed, totdat ze Ep ontmoette. Epper de mepper. Dat is geen grap. Hij houdt echt van meppen, en dan vooral van mij meppen.

8

Kinderen slaan hoort niet. Het is verboden, dat staat in de wet. Als je het toch doet, sturen ze je naar de gevangenis. Ik wou dat iemand Ep naar de gevangenis stuurde.

Pippa slaat hij niet echt, zij krijgt soms een klapje. Baby's meppen doet zelfs Ep niet, dus van Boris blijft hij helemaal af. Maar ik krijg de volle laag. Oké, oké, hij mept niet altijd. Soms doet hij alleen z'n hand omhoog. Dan dénk ik alleen maar dat hij gaat slaan. Of hij sist tussen zijn tanden door: 'Moet ik jou soms een mep verkopen, Elsa?'

Wat is dat nou voor vraag! Alsof hij een winkel heeft en ik zou vragen: Hé, oom Ep, hoeveel kost een mep?

Af en toe neemt mam het voor me op. Maar ze zegt ook wel eens dat ik erom vraag. Dat ik het bloed onder Eps nagels vandaan haal. Dat doe ik helemaal niet. Ik probeer alleen af en toe een grap op hem uit, dat is alles. En hij snapt hem nooit. Omdat hij dom is, dom als een bom. Hij kan elk moment ontploffen.

Begrijp jij waarom mijn moeder met hem getrouwd is? Ik ook niet. Maar je raadt natuurlijk wel meteen wie het bruidsmeisje moest zijn. En dan wilde mam ook nog dat ik zo'n geplooid tut-

9

tejurkje zou dragen. Zie je het voor je? Met die haren van mij die nog steeds wijduit staan als leeuwenmanen. Mijn benen zijn dun, dus mijn sokken en maillots lubberen altijd. Op de een of andere manier zitten er ook altijd zwarte vegen op. Nieuwe schoenen zijn bij mij al kaal na één keer dragen.

De bruidsmeisjesjurken in de winkel waren zachtroze en zachtblauw en zachtoranje en zachtlila. Mam zuchtte en zei dat mijn jurk al vies zou zijn voordat ze het jawoord kon zeggen.

Dus die jurken hebben we lekker laten hangen. Mam kocht een fluwelen jasje voor me en een rokje met een Schotse ruit, want Ep komt uit Schotland. Ik kreeg ook een takje Schotse geluksheide op mijn jasje. Nou, dat kon ik wel gebruiken.

Na de bruiloft trok Ep bij ons in. Tot die tijd had ik bij mam in het grote bed gelegen, bed 3. Dat was heel gezellig, zo was er altijd iemand om mee te kletsen en te knuffelen.

Maar Ep kreeg mijn plaats in het grote bed bij mam. Ik sliep vanaf dat moment op een smal kampeerbedje in de woonkamer. Dat was bed 4. In het begin viel ik er steeds vanaf als ik me omdraaide. Verder vond ik het niet erg. Ik deed net of ik kampeerde.

Al snel werd het te krap in huis om kampeertje te spelen. Onze flat was niet zo groot en Ep nam veel ruimte in. Er was geen ruimte voor een baby, maar in mams buik zat Pippa al wel, piepklein als een kuikentje. Mam had ons ingeschreven voor een groter huis, maar de wachtlijst was zo lang dat we al eeuwen wachtten.

Toen kreeg Ep een nieuwe baan aangeboden door een van zijn Schotse vrienden. Hij ging terug naar Schotland en wij moesten mee. We logeerden bij zijn moeder, een soort van oma voor mij dus. Ik zag er heel erg tegen op. Als Ep al zo erg was, dan moest zij helemaal verschrikkelijk zijn.

Maar dat viel mee. Ze was een klein vrouwtje en ze sloeg niet, maar ze was wel heel streng. Ik kon in haar huis niet fatsoenlijk spelen, want ik mocht niet al mijn speelgoed uitpakken. Eén ding tegelijk vond zij genoeg.

Dus ging ik met haar spullen spelen. Ze had mooie dingen: beeldjes en fotoalbums en muziekdoosjes. Ik maakte heus niks kapot.

Toch werd ze boos.

'Ik wil niet dat je in mijn spullen zit te neuzen. Hup, ga televisie kijken. Wees nou eens lief.'

Steeds als ze boos werd, leerde ik er weer wat Engelse woorden bij. Binnen een paar weken begreep ik de meeste gesprekken. Niet dat er veel gepraat werd. Bij mijn soort-van-oma thuis keken we altijd tv. We zaten de hele tijd voor de buis.

Toch was mijn soort-van-oma de kwaadste niet. Er was altijd een schaaltje met snoep als we voor de tv zaten.

'Wil je een snoepie?' vroeg ze dan.

Dan deed ik klok-klok-klok en ik wapperde met mijn armen en maakte haar aan het lachen. Ze zei dat ik ontzettend grappig kon zijn als ik wilde. Op zondag had ze zelfgemaakt snoep dat ze tablet noemde, een Schots soort karamels. O, wat waren die lekker, mjam mjam mjam. Ik kon ze wel de hele dag eten.

Veel meer dan die tablet at ik eigenlijk niet bij mijn soort-van-oma. Ze vond me een scharmin-keltje dat nodig bij moest eten. Borden vol gehakt en aardappel zette ze me voor. Ik hou niet van gehakt. Het ziet eruit alsof iemand het al gekauwd heeft. En aardappelpuree eet ik ook niet, ik ben altijd bang dat er klonten in zitten. Dus ik at weinig en ze werden allemaal boos op me: mijn soort-van-oma, mijn moeder en Ep.

Het ergste was het slapen, in mijn vijfde bed – vooral omdat het niet mijn bed was, maar dat van mijn soort-van-oma. Ik sliep bij haar. Het kampeerbed paste niet in haar slaapkamer en in haar huiskamer wilde ze geen bed hebben, snap je. Ze vond toch al dat ik zo'n rommel maakte. Daarom probeerde ze me ook altijd vroeg naar bed te krijgen.

Meestal was ik nog wakker als zij kwam. Dan deed ik of ik sliep. Tussen mijn wimpers door zag ik hoe ze haar beha uittrok. Dan was ze opeens niet meer zo klein. In bed nam mijn kleine soort-van-oma veel plaats in. Ik lag wel eens helemaal op het randje, me vasthoudend om er niet uit te vallen.

Maar wat het ergste was: ze snurkte ook nog.

Het was de bedoeling dat we een eigen huis zouden zoeken. Maar dat is er nooit van gekomen. Nadat Pippa was geboren kreeg Ep ruzie met zijn vriend en werd ontslagen. Mam kreeg er de zenuwen van. Ze kon al niet zo goed overweg met mijn soort-van-oma, en met baby Pippa erbij werd dat nog erger.

Dus verhuisden we terug. Gelukkig, dacht ik eerst. Alleen, we hadden geen huis meer. Mam was op van de zenuwen. Ze was bang dat we in een pension geplaatst zouden worden. Dat zou ze niet overleven, zei ze. Wist zij veel. Het is geen kwestie van overleven, maar van opleven! Gelukkig kregen we een flat aangeboden in een groot complex. Het zag er groezelig uit, maar Ep zei dat hij het zou schilderen en opknappen tot het een paleisje was.

Dus we trokken erin. Het was wel een rare plek, vond ik. De muren waren groen uitgeslagen en in de keuken krioelde en kroop van alles. Ep gooide er wat verf tegenaan, maar dat had weinig effect. Mam kreeg een inzinking en Ep werd knorrig. Pippa was vaak grieperig en snotterig en ze hoestte veel omdat het zo vochtig was.

Met mij ging het best. Mijn kampeerbed begaf het, dus ik kreeg eindelijk een nieuw bed. Bed 6. Het was zo'n zacht bed waar je heerlijk op kon springen. Mijn eigen trampoline!

Algauw had ik vriendinnen in de flat. Voor mij hoefden we niet meer weg.

Totdat Ep een nieuwe baan kreeg, veel geld verdiende en zei dat hij een mooi huis voor mijn moeder wilde kopen. Mam was helemaal in de wolken.

Toen we eenmaal in het nieuwe huis trokken, vond ik het ook best. Het was er zelfs fijner dan in de flat; niet vochtig, maar warm en gezellig. Als Pippa en ik wakker werden, konden we eindeloos rondrennen in onze pyjama's zonder koud te worden. Pippa was geen saaie baby meer. Ik kon nu echt met haar spelen.

Pippa sliep vaak bij mij in mijn zachte bed 6 en dat vond ik niet erg. Ze luisterde graag naar mijn verhalen en ze lachte om mijn grapjes. Vaak lagen we te giechelen als we allang moesten slapen, maar mam werd er niet boos om. En Ep hield op met meppen. Boris de Beer werd geboren en die was altijd vrolijk.

Helaas duurde het niet zo lang.

Ep verloor zijn baan. Hij vond tijdelijk werk, dat minder goed betaalde en al snel voorbij was. Toen was hij werkloos.

Mam werkte in een supermarkt, terwijl Ep voor Pippa en Boris zorgde. (Ik zorg natuurlijk voor mezelf.)

Mam verdiende niet genoeg om alle rekeningen te betalen. Ons fijne huis met de nieuwe meubels was nu te duur. Er kwamen wat mensen die onze tv en mooie spullen weghaalden. En toen moesten we ons huis uit.

Pippa en Boris huilden. Mam snikte ook. Zelfs Ep zag eruit of hij elk moment in tranen kon uitbarsten.

We dachten dat we misschien wel terug konden naar de flat. Maar daar woonde al een andere familie. Er was geen flat vrij voor ons.

Mag jij raden waar we toen terechtkwamen. Precies, in een hotel.

We gingen wonen in een hotel dat Pension de Prins heette. Klinkt geweldig, toch? Toen we voor het eerst de straat in liepen en het hotel in de verte zagen, vond ik het behoorlijk indrukwekkend. Ik werd er helemaal opgewonden van. Ik had nog nooit in zo'n luxe hotel gelogeerd. Ik zag al voor me hoe wij 's ochtends in onze eigen kamer ontbijt geserveerd kregen op zilveren schalen, terwijl we voor onze eigen televisie zaten. Als prinsen en prinsessen.

Hoe dichter we bij het hotel kwamen, hoe minder mooi het eruitzag. Het kon wel een verfje gebruiken. Eén raam was zeker kapot, want het was gerepareerd met karton. Het goudlaagje op de letters was afgebladderd en sommige letters waren bijna niet meer te zien. We gingen logeren in e ion rins.

'Ei on rins,' zei ik. Het klonk grappig. 'Ei on rins,' zei ik nog eens en ik boog naar Pippa. 'Wilt u een ei of rinse appelstroop op brood, prinses Pippa?' En meteen hadden we een nieuw spel. Pippa en ik gingen er helemaal in op en Boris begon te gillen om aandacht.

'Hou op met dat geouwehoer, Elsa!' zei Ep met zijn Ep-de-mepperstem.

'Een ouwehoer piept,' zei ik. 'Hé, weet je wat ik ben, ik ben hotel-de-botel!'

Niemand lachte, zelfs Pippa niet. Mam zag eruit alsof ze ging huilen. Ze keek naar Pension de Prins en schudde haar hoofd.

'O nee,' zei ze alleen maar. 'O nee. O nee.' Eerst klonk het nog zachtjes maar haar stem werd steeds luider. 'O nee. O NEE. NEE! NEE!!!'

'Kom op, misschien valt het wel mee,' zei Ep, terwijl hij een arm om haar heen sloeg.

Mam nam Boris op de arm. Hij werd een beetje geplet en begon te janken. Pippa's lip trilde ook al. Ze kroop onder mams andere arm.

'Ik vind het niet zo leuk, mam,' zei ze. 'We hoeven hier toch niet te wonen, hè?'

'Nee, dat hoeft niet, meiden. Wij wonen niet in zo'n krot.' Mam schopte wat vuilnis in de goot. Uit een plastic bakje van een afhaalchinees droop een rood sausje over haar suède schoen. 'Getver.' Er sprongen tranen in haar ogen. 'Wat een zooi. Er zitten hier vast ratten. Als het er vanbuiten zo uitziet, hoe moet het binnen dan wel zijn? Kakkerlakken, vlooien misschien zelfs. Dat doe ik mijn kinderen niet aan.'

'En waar wil je dan heen?' vroeg Ep. 'Nou? Zeg het maar!'

Boris schreeuwde inmiddels. Pippa stak snik-kend haar duim in haar mond. Ik hield me in en draaide mijn vinger in mijn haar. Mams lippen zaten strak op elkaar, alsof ze haar lippenstift erin wilde persen. Haar gezicht was wit als citroenijs. Ik pakte haar hand. Haar vingers waren ijskoud.

Ze schudde haar hoofd. Ze had geen antwoord voor Ep. Er was geen andere plek om naartoe te gaan.

'Het spijt me,' zei Ep. 'Ik stel je teleur, hè?'

Opeens vond ik hem niet meer zo groot. Het leek wel of hij kromp in zijn grote kleren.

'Ach, nee,' zei mam vermoeid. Ze wiegde Boris en veegde Pippa's neus af en probeerde mijn haar netjes te doen. We protesteerden alle drie.

'Jij kunt er niks aan doen, Ep,' zei ze.

'Jawel, het is mijn schuld,' mompelde Ep. 'Ik heb geen werk, ik heb zelfs geen huis voor jou en de kinderen.'

'Het is niet jouw schuld. Het is niemands schuld. Het is de schuld van... van de o-omstan-digheden,' hakkelde mam.

Ik zag meteen een nare, arrogante oude heer voor me, Oom Standigheden. Hij wees met een vadsige vinger naar ons vieren, terwijl zijn hulpjes ons huis inpikten en onze meubels en televisie en ons speelgoed. Ik zat zo diep in mijn fantasie dat ik niet merkte dat mam al naar de ingang van het hotel was gelopen, met Boris op haar heup en Pippa hangend aan haar andere arm. Ep was achter haar aan gesjokt met onze tassen, en draaide zich om bij de draaideur.

'Elsa!' riep hij geërgerd. 'Doe niet zo onnozel. Kom op!'

'Wat moet ik dan, Ep? Nozel doen? Hoe gaat dat? Heb jij soms mijn nozel gezien?'

'Elsa! Jij vraagt om een stevige mep!'

Ik besloot toch maar achter hem aan te hollen. Ik knalde tegen de draaideur en drukte hard. De deur kwam tegen Eps been. Hij schreeuwde en vloekte terwijl hij zowat de hal in viel. Ik bleef duwen en draaien. Ik draaide maar door, steeds harder. Misschien kon ik zo hard draaien dat ik als in een wervelwind opgetild zou worden. Alles om me heen zou troebel worden en ik zou heel ergens anders weer neerkomen, in een warme stralende wereld waar iedereen me leuk vond en om mijn grapjes lachte.

In plaats daarvan stapte ik uiteindelijk toch maar uit de draaideur de hal in. Er lag versleten donkerrode vloerbedekking met vlekken erin.

Op de muren zat dik rood behang in een reliëf-patroon. Net opgedroogde bloedvlekken. Het plafond bestond uit vierkante platen, waarvan er een paar ontbraken. Ik vroeg me af of die op het hoofd van mensen waren gevallen. Ik zag die mensen al met een platte hoed op naar buiten lopen, zonder dat ze het in de gaten hadden.

In de hal was een grote balie met een bel. Achter een glazen deur was een kantoor. Daar zat een jonge vrouw een boek te lezen, terwijl ze aan één stuk door snoep uit een papieren zak at. Ze leek ons niet op te merken, hoewel Boris schreeuwde en Ep onhandig liep te doen met onze koffers en tassen.

Mam tikte op een koperen bol. Er klonk een rinkelend belletje. De vrouw stopte een snoepje in haar mond en sloeg een bladzijde om. Mam schraapte haar keel en drukte steviger op de bel. Daarna sloeg ik er hard op en Pippa deed mij na. De vrouw verroerde amper. Ze draaide haar stoel een kwartslag en zat toen met haar rug naar ons toe.

'Hallo, daarbinnen!' brulde Ep, terwijl hij met zijn vuist op de balie sloeg.

Met een glimlach legde de vrouw haar boek neer, en deed een snoepje tussen de bladzijden.

Ze rekte zich uit om de deur een eindje open te doen.

'U hoeft niet zo'n toon aan te slaan. Goede manieren kosten niks,' zei ze op een zeurderig toontje.

'Nou, we hebben anders eerst netjes gebeld,' zei mam. 'Dat moet u gehoord hebben.'

'Ja, maar dat is niet voor mij. Ik doe de telefooncentrale. Die bel is voor de leiding.'

'Er is hier helemaal niemand, laat staan leiding,' zei mam. 'Belachelijk!'

'U kunt uw klachten op papier zetten en aan de directeur geven.'

'Waar is de directeur dan?' vroeg Ep.

'Geen idee. Ik zei al, ik heb er niks mee te maken. Ik ben van de telefoon.'

Ze sloot de glazen deur en stak haar neus weer in het boek.

'Niet te geloven,' zei mam. 'Wat een nachtmerrie.'

Ik kneep mijn ogen dicht en hoopte dat het inderdaad een nachtmerrie was. Ik verlangde verschrikkelijk terug naar mijn zachte bed 6 in ons fijne nieuwe huis. Met mijn handen over mijn oren, tegen Boris' geschreeuw, droomde ik mezelf terug naar mijn trampolinebed. Ik was er bijna... totdat een hand aan mijn schouder begon te schudden.

'Wat doe je, Elsa? Hou eens op,' zei Ep. 'Je hele gezicht vervormt. Het lijkt wel of je een stuip krijgt, of zoiets.'

Ik keek hem boos aan en rukte mijn schouder los. Met mijn gympies schuurde ik over de kale vloerbedekking en schuifelde zo van hem weg. Aan de andere kant van de hal was een deur. Op het bordje stond: DIRECTIE.

De deur was niet op slot. Ik keek door een kiertje naar binnen. Aan een bureau zaten een kleine meneer in een bruin pak en een grote mevrouw in een pluizige roze jurk. De grote mevrouw zat bij de kleine meneer op schoot. Ze zoenden.

Toen ze mij zagen, sprong de vrouw op. Met een knalrood hoofd trok ze haar jurk recht. De man hapte naar lucht. Dat kon ik me wel voorstellen. De vrouw leek me nogal zwaar, vooral op sommige plaatsen.

'Neem me niet kwalijk,' zei ik beleefd. Ik had tenslotte net nog gehoord dat goede manieren niks kosten.

'Schiet op, weg jij,' zei de grote mevrouw. Ze probeerde me weg te wuiven alsof ik een straatkat was. 'En hang niet steeds rond in de hal, wil je? Ik word helemaal gek van al die kinderen. Het lijkt hier wel een kinderspeelplaats in plaats van een hotel. Ga naar je kamer, en vlug een beetje!' 'Zeg dat wel,' zei de man met een piepstemmetje. 'Ga naar je kamer, kleine meid.' Hij streek een paar kleine haartjes glad over zijn schedel.

'Maar ik heb geen kamer,' zei ik. 'Wij komen net aan, en we weten niet waar we heen moeten.'

'Zeg dat dan meteen!' zei de roze mevrouw en ze stoof de kamer uit. Haar knalroze wijsvingernagel krauwde naar me. Ik moest meekomen.

In de hal klonk nog steeds Boris' geschreeuw. Pippa fluisterde lieve woordjes tegen hem en mam was aan het moederen. Ep liep te ijsberen. Hij zag eruit alsof hij iemand wilde meppen.

'Sorry dat u moest wachten.' De grote mevrouw schoof snel achter de balie en glimlachte met grote roze lippen. 'Namens de directie heet ik u welkom in Pension de Prins. Ik hoop dat u een prettig verblijf heeft bij ons.'

'Nou, het gaat niet echt om een vakantie,' zei mam, worstelend met Boris. Ze zette hem op de balie, zodat haar armen even van zijn gewicht af waren.

Boris werd weer wat vrolijker. Hij keek naar dat megagrote, zachte roze konijn en kroop er onmiddellijk naartoe, vrolijk brabbelend.

'Hou uw kinderen bij u, alstublieft,' zei de grote mevrouw, terwijl ze zenuwachtig probeerde de baby tegen te houden. 'Ik moet uw gegevens opnemen.'

Dat duurde een eeuwigheid. Boris begon te mokken, teleurgesteld dat hij het grote roze konijn niet mocht knuffelen. Mam bleef glimlachen. Ep mompelde en mopperde, en zijn humeur werd steeds slechter. Pippa begon te huppelen en te springen om haar plas op te houden. Als we niet uitkeken, werd de vloerbedekking zo direct nog een beetje viezer.

'Mam, Pippa moet naar de wc,' siste ik.

'Dat hoef jij niet te zeggen, Elsa!' zei Pippa terwijl ze kronkelde.

Mam keek met haar ervaren moederoog naar Pippa. 'Neem jij haar even mee, Elsa?'

De roze mevrouw stopte even met papieren sorteren om me de weg te wijzen: achter in de hal een gang in en dan om de hoek. Ik pakte Pippa's hand en holde met haar weg.

De deur van de directeur stond nog op een kier. Hij zat met zijn piepstem druk te kletsen aan de telefoon.

'Zie je wel,' fluisterde ik tegen Pippa, 'een

ouwehoer piept.' Nu lachte Pippa wel, en de directeur keek boos op. Giechelend schoten we de gang in. Nu moesten we helemaal opschieten, want Pippa kon onder deze omstandigheden beter niet lachen.

Het werd nog dringender toen we een flink eind de gang door waren en nog geen wc hadden gevonden. We namen een andere gang en kwamen langs een groep jongens. Ze waren druk bezig iets op de muur te schrijven met zwarte viltstift.

'Niet aan hen vragen,' smeekte Pippa. 'Ze lachen ons alleen maar uit.'

Ze lachten toch wel, en maakten opmerkingen terwijl we langsliepen. Je weet wel, van die dingen die jongens soms roepen.

'Het is tuig,' zei Pippa.

Ze waren nog veel erger dan Pippa wist. Zij kon nog niet lezen. Ik had gezien wat ze op de muur schreven.

We renden verder, een volgende bocht om, en toen zag ik plotseling zo'n grappig vrouwenfiguurtje op een deur. Je kent ze wel, zo'n soort driehoek met een hoofdje en twee beentjes. Ik snap niet waarom ze het vrouwtje zo'n raar wijd jurkje hebben gegeven. En ze heeft geeneens armen. Lekker handig, hoe moet ze dan door-trekken?

Ik bleef over dat vrouwtje staan peinzen, terwijl Pippa langs me heen de ruimte in rende. Ik hoorde een deur dichtslaan.

'Ben je nog op tijd, Pippa?' riep ik.

'Hou je kop!' siste Pippa tussen haar tanden door.

Verbaasd liep ik de wc-ruimte in. Er was nog iemand, zag ik toen. In het venster zat een meisje. Haar voeten rustten op de wastafel. Ze las een boek. Nou ja, haar ogen waren op de pagina gericht. Je kon merken dat ze niet meer las.

'Hoi,' zei ik.

Ze knikte alleen maar. Een beetje zenuwachtig, leek het wel.

'Ik ben Elsa. En op de wc daar zit Pippa.'

'Dat hoeft niet iedereen te weten!' riep Pippa vanuit de wc.

'Zusjes!' zei ik, terwijl ik mijn wenkbrauwen optrok.

'Broers zijn erger,' zei het meisje. 'Ik kan het weten, ik heb er drie.'

'Ik heb er ook een. Hij is nog maar een baby, maar hij is nu al een ramp. Vooral wanneer ik op hem moet passen.'

'Ik moet de hele tijd op mijn broers letten. Het zijn klieren, ik word gek van ze. Dus soms verstop ik me hier. Lekker rustig.'

'Zou ik ook doen. Hoe heet je eigenlijk?'

'Naomi.'

'Hoi Naomi, ik ben Elsa.'

'Ja, dat zei je.'

'Hoelang ben je hier al?'

'Hier in de wc?'

'Nee, in dit hotel.'

'Ongeveer zes maanden.'

'Zo lang! Woow!'

Ik dacht na. Ik had verwacht dat we een weekje in het hotel zouden blijven, of misschien twee. Als in een vakantie. Maar misschien zouden wij ook wel veel langer moeten blijven. Een maand. Of maanden.

Pippa trok door en kwam uit de wc. Naomi zwaaide haar benen omhoog zodat Pippa haar handen kon wassen. Er waren geen handdoeken. Ik liet haar haar handen afdrogen aan mijn T-shirt. Naomi's voeten leunden alweer op de wastafel.

Ik keek naar haar voeten vlak onder de kraan.

'Je voeten kunnen zo onder de douche,' zei ik.

'Als je het maar laat,' zei Naomi.

Ik had zin om de kraan toch open te draaien.

'NEE! Oké?'

Ik lachte naar haar. Ze lachte terug. Het ging al beter. Ik was hier nog maar net en ik had nu al een vriendin.

Ik pakte Pippa's vochtige hand en we gingen terug naar de hal.

'Ik vind dat een leuk meisje,' zei Pippa.

'Dat is mijn vriendin. Naomi.'

'Ze kan ook mijn vriendin zijn. Ik vind haar haar leuk met al die kleine vlechtjes. Wil jij vlechtjes in mijn haar maken, Elsa?'

'Dat is mij te veel gepruts. Kom, even opschieten!'

We kwamen weer langs de jongens. Ze zeiden nog meer stomme dingen. Echt nare dingen.

'Jij denkt dat je stoer bent, maar je kan niet eens spellen,' zei ik tegen een van hen. Ik pakte de viltstift uit zijn hand en streepte het ergste woord door. Ik schreef het op de goede manier erachter.

Ze keken me verbaasd aan en zeiden niets meer. Pippa en ik huppelden de gang door en vonden uiteindelijk de weg terug naar de hal.

'Daar zijn jullie! Ik dacht dat jullie verdwaald waren,' zei mam.

De grote mevrouw gaf net een sleutel aan Ep.

'Eén kamer voor ons vijven?' vroeg Ep.

'Het is een gezinskamer, met alle faciliteiten.'

Ep staarde naar het label.

'Kamer 608?'

'Dat klopt.'

'Dat betekent toch niet dat we op de zesde verdieping zitten, hè?'

'Dat heeft u helemaal goed.'

'Maar we hebben kleine kinderen. Die kunt u toch niet helemaal in de nok zetten, dat is niet handig.'

'Het is de enige beschikbare kamer op het moment, sorry,' zei de grote mevrouw, terwijl ze pluisjes van haar roze jurk trok.

'Is er een lift?' vroeg mam.

'O ja hoor, er is een lift,' zei de mevrouw. 'Alleen hebben die kinderen lopen klieren en nu is hij buiten gebruik. Morgen komt de reparateur. Tot die tijd moeten we via de trap. Die is daarginds.'

Het duurde een hele tijd voordat we zo vaak op en neer waren gelopen dat al onze spullen boven waren. Uiteindelijk zaten we er, met ons vijven. In kamer 608. Ons nieuwe huis.

Eten bij de snackbar

Ik dacht dat een gezinskamer ruimte had voor iedereen. Met vijf bedden en een bankstel en een eethoek en een plek om te spelen en zo. Kamer 608 zag er heel anders uit. Ik overdrijf niet als ik zeg dat hij een beetje krap was. Toen we er eindelijk met al onze spullen zaten, kon je bijna niet ademen zonder tegen iemand anders aan te komen.

'Oost west, thuis best,' zei mam. De tranen stroomden over haar wangen.

'Begin nou niet weer met die waterval,' zei Ep. 'Kom op, m'n hennetje, zo erg is het niet.'

'Het is nog veel erger,' zei mam, terwijl ze haar gesnik probeerde in te houden. Het klonk als het getok van een kip. Als Ep aardig wil doen, noemt hij haar z'n hennetje. En tegen Pippa zegt hij kuiken. Boris is al te groot voor zo'n koosnaampje.

Hij is meer een biggetje. Ik heb helemaal geen koosnaam. Ik hoor niet bij Eps boerenerf, denk ik.

Ik stapte over al onze spullen heen en klom over een bed en nog een tot ik bij het raam zat. Het was maar goed dat er stangen voor zaten, want Boris kon zich al behoorlijk optrekken. Hij zou binnen de kortste keren naar het raam toe klimmen. Toch vond ik die stangen niet fijn. Ze deden me aan een kooi denken.

We waren niet de enige familie. In kamer 607 konden we mensen horen ruziën. En de mensen in kamer 609 hadden de tv zo hard staan dat we het programma letterlijk konden volgen. De buren onder ons, in 508, draaiden hardrockmuziek die doortrilde in onze vloer. We hadden geluk dat we op de bovenste verdieping zaten en geen bovenburen hadden.

'Wat een gekkenhuis,' zei mam.

Bij dat woord zag ik meteen een grijze slaapzaal voor me met schreeuwende mensen vastgegespt op hun bed, dus dan viel dit nog mee. Ik plofte op een van de eenpersoonsbedden. Het kraakte en gromde, maar gaf niet mee. Ik sprong erop, maar het wiebelde niet eens. Bed nummer 7 was een teleurstelling.

Ik probeerde het andere eenpersoonsbed, want je weet maar nooit. Dat was nog erger. De matras leek wel door zijn veren te zakken. Ze piepten vals toen ik erop sprong.

'Elsa! Hou daarmee op!' brulde Ep.

'Ik probeerde alleen even mijn bed uit, dat is alles. We moeten toch uitzoeken wie waar slaapt?' Ik bedacht ter plekke een bedgrapje om ons allemaal op te vrolijken.

'Hé, luister, wat moet je doen als je bang bent dat er een monster onder je bed ligt?'

'Doe nou even rustig, Elsa,' zei mam. Ze had alweer een snik in haar stem.

'Het is een heel goeie, luister nou. Echt waar. Wat doe je dan, raad eens? Je zaagt de poten van het bed.'

Ik wachtte even, maar ze dachten niet eens na, als je het mij vraagt.

'Je zaagt de poten van het bed,' zei ik nog eens, maar nu harder, voor het geval ze me niet verstaan hadden.

'Sst! Praat toch niet zo hard. Iedereen kan je horen,' zei mam.

'Waarom lacht dan niet iedereen?' zei ik.

'Begrijpen jullie 'm niet? Als er een monster onder je bed –'

'Genoeg!' donderde Ep. 'Plak dicht, die klep!' Echt, dat zei hij.

Meteen moest ik mijn klep weer ontplakken, want ik dacht opeens aan iets belangrijks.

'Waar slaapt Boris? Er is geen bed voor hem,' zei ik.

We keken allemaal rond, alsof er elk moment een babybed tevoorschijn kon komen.

'Hier is nog een kamertje,' zei Pippa en ze

opende een soort kastdeur, midden in de kamer. Met die deur open was er nog minder ruimte. Het was geen slaapkamer. Het was een douche met een wc en een wastafel, allemaal vlak op elkaar.

'Hé, dat is handig, hier kun je tijd besparen,' zei ik. 'Terwijl je op de wc zit, kun je je tanden poetsen boven de wastafel en je voeten onder de douche wassen, allemaal op hetzelfde moment. Zal ik het eens proberen?'

'Elsa, kom even hier en hou je onzin voor je,' zei mam. 'Dit is belachelijk. Waar moet Boris slapen?'

'Ik ga wel even beneden zeggen dat we nog een bed nodig hebben,' zei Ep.

'Ja, maar waar zetten we dat dan neer?' vroeg mam. 'Er is nog geen ruimte om je kont te keren.'

'Misschien moeten we allemaal tegelijk doorstromen,' zei ik. 'Jij en Ep onder de douche, terwijl Pippa, Boris en ik op de bedden spelen. En dan schreeuw jij: "Doorstromen!" en dan springen wij in de douche en komen jullie de kamer in en lopen rond de bedden om in beweging te blijven.'

Ik vond het een lumineus idee, maar verder vond niemand dat.

'Als je niet uitkijkt, ben jij degene die steeds in de douche staat,' zei Ep, 'met de koude kraan aan.' Hij lachte. Dat vond hij nou een goede grap.

Hij ging naar beneden om een extra bed te vragen aan de grote mevrouw. Mam zat op de rand van het grote bed voor zich uit te staren. Haar ogen waren alweer waterig. Ze had niet eens in de gaten dat Boris haar lippenstift uit haar handtas haalde en eraan begon te likken alsof het een ijsje was.

Ik pakte hem op en droeg hem naar de douche om zijn gezicht schoon te maken. Het water bij de wastafel werd niet warmer dan lauw. Ik probeerde de douche, om te kijken of die warmer werd. Eerst kreeg ik 'm niet aan. Pippa kwam erbij om me te helpen. Plotseling vond ik de goede knop en meteen ging hij te ver open. Zo werd Eps grap werkelijkheid. Het was niet grappig. Maar goed, we waren weer schoon. En onze kleren waren ook even gespoeld. Zo goed en zo kwaad als het ging, droogde ik ons af.

Ik dacht dat mam boos zou worden, maar ze zei niks. Ze bleef in de verte staren, alsof ze zo door de muur in kamer 607 kon kijken. Daar waren ze nog steeds aan het ruziën. Het ging er hard aan toe. Ze gebruikten een hoop woorden die ik niet mag zeggen.

'Ahum!' zei Pippa giechelend.

Ep stormde de kamer weer in en zei wat van die woorden. Het hotel had geen bedden voor kinderen onder de twee jaar.

'Dan moet Boris maar weer in zijn ledikantje,' zei hij en hij begon te zoeken naar de onderdelen van het eendenledikant.

'Maar dat valt bijna uit elkaar. Boris is er te groot voor. De laatste keer bleef hij maar kruipen en springen. Hij heeft het ledikant zo kapot,' zei ik.

'Bovendien is het Boris z'n bed niet meer. Het is nou van Knuffelkussen,' zei Pippa verontwaardigd.

'Je knuffelkussen moet maar bij jou in bed, kuiken,' zei Ep.

'Maar dat vindt hij niet leuk,' riep Pippa. 'Dan gaat hij schreeuwen, en mij slaan.'

'Dan sla je maar terug.' Ep rekte zich uit en gaf haar een pookje in de buik, in haar nog natte T-shirt.

'Hé, je bent drijfnat, hoe komt dat?' vroeg hij fronsend.

Ik hield m'n adem in. Als Pippa het vertelde, was ik aan de beurt. Niet een halve beurt, zelfs niet eens een hele, maar minstens een dubbele beurt van Ep de mepper.

Maar Pippa was mijn maatje. Ze mompelde iets over handenwassen en spatten, Ep gromde wat terug en ging door met het opzetten van het ledikant. Dankbaar hielp ik Pippa Knuffelkussen en zijn spullen zoeken in de vuilniszakken die we vol hadden gepropt in ons oude huis.

Pippa weet precies wat ze wil. Toen Ep nog een goede baan had, kreeg ze altijd poppen van hem. Ze heeft ik weet niet hoeveel verschillende babypoppen en barbies, compleet met kleertjes en spulletjes. Maar het enige waar ze mee speelt, is Knuffelkussen. Ze sjouwt rond met dat oude kussen, praat ertegen, knuffelt en troost hem alsof hij een baby is. Knuffelkussen loopt wat achter, want hij is net zo oud als Boris, maar hij kruipt nog niet.

Als ik zin heb, help ik Pippa met het voeren van Knuffelkussen uit een oud potje van Boris. We verschonen zijn sloop, doen hem een nacht-sloop aan, we stoppen hem in het eenden-ledikant en zeggen dat hij moet gaan slapen. Soms moet hij huilen, waarna Pippa hem gaat troosten en verhaaltjes gaat vertellen.

'We kunnen niet met Knuffelkussen spelen als Boris in zijn bed ligt,' mopperde Pippa.

Maar toen Ep het ledikant had staan en we

Boris erin deden, besloot Boris zelf dat dit niks voor hem was. Hij begon verontwaardigd te schreeuwen, ging aan de spijltjes hangen en probeerde eruit te klimmen.

'Daar is hij zo overheen,' zei Ep. 'En wat moeten we dan?'

Hij keek naar mam. Ze zat nog steeds in de verte te staren. Het leek alsof ze Ep niet hoorde, en zelfs de huilende Boris niet.

'Mama?' zei Pippa, terwijl ze zachtjes op Knuffelkussen klopte om hem te troosten.

'Hé, mam,' zei ik en ik pakte mams schouder. Ze huilde niet meer. Het was veel erger. Ze merkte me niet eens op.

'Hier.' Ep pakte Boris uit het ledikant en zette hem op mams schoot.

Even bleven mams armen gewoon langs haar zij hangen. Ze leek Boris niet te zien. Boris begon harder te huilen nu hij geen aandacht kreeg. Hij strekte zijn armpjes uit voor een knuffel. Hij richtte zich op en verloor zijn evenwicht. Ik zag hem al van mams schoot op de vloer vallen. Net op tijd greep mam hem vast en drukte hem tegen haar borst.

'Niet huilen. Ik heb je al vast,' zei ze met een zucht. Daarna zonk ze terug in haar somberheid.

'Waar moet mijn jongen nou slapen?' vroeg Ep.

Mam haalde haar schouders op. 'Hij zal bij een van zijn zusjes in bed moeten. Wat anders?'

'Niet bij mij!' zei ik meteen.

'Ook niet bij mij,' zei Pippa. 'Hij plast dwars door z'n luiers heen.'

Boris begon weer te huilen.

'Hij moet eten,' zei mam. 'We kunnen allemaal wel een hapje en een drankje gebruiken. Ik ga die gemeenschappelijke keuken zoeken. Kom, Boris, ga maar naar papa. En meiden, jullie pakken intussen al je spullen uit de tassen, oké?'

Gelukkig, alles was weer goed. Mam rolde haar mouwen op, pakte de doos waar onze keukenspullen en wat blikjes in zaten en ging op zoek naar de keuken.

Toen Ep met hem ging ravotten op een bed, hield Boris op met huilen en begon weer te schateren. Maar Knuffelkussen huilde nog steeds, volgens Pippa. Hij moest en zou in het eendenledikant slapen.

Dus ik bekommerde me om onze bagage. Er waren twee tassen met kleren van Pippa en Boris. Een grote oude koffer was volgepropt met kleren van mam en Ep. Ook haar föhn en make-up kwam ik daarin tegen en haar mooie porseleinen beeldje van een meisje in een hoepelrok.

Eindelijk vond ik de tas met mijn spullen erin. Ik heb nooit veel kleren, want alles is binnen de kortste keren versleten of kapot. Dus ik heb wat T-shirts en korte broeken voor de zomer, truien en spijkerbroeken voor de winter en wat onder- goed en sokken en zo. Ik vond in de tas ook mijn Minnie Mouse-borstel, waar ik nooit alle klitten mee uit mijn haar krijg. En mijn mooie groene marmersteen met magische krachten – nou ja, dat dacht ik vroeger. Ik had ook mijn doos met viltstiften bij me. De meeste kleuren waren op en Pippa had een paar punten ingedrukt, maar toch kon ik ze nog niet weggooien. Soms maakte ik een spooktekening en deed ik net of de kleuren nog goed waren. En dan waren er nog mijn mop- penboeken. Ze hadden overal ezelsoren en waren smoezelig geworden van het vele blade- ren.

Ik hoopte mam blij te maken door al onze spullen uit te pakken en netjes neer te leggen en de kamer op te ruimen. Maar toen ze binnen- kwam was ze witheet, veel te boos om het op te merken.

'Dit is belachelijk!' Ze smeet de doos op de vloer. De potten en pannen kletterden tegen elkaar.

'Eerst sta ik uren te wachten om in dat kleine rotkeukentje te kunnen. Dan zijn eindelijk een paar vrouwen klaar zodat ik erbij kan en wat denk je? Daar had ik dus niet op hoeven wachten. Je had dat fornuis eens moeten zien. Wat een smerigheid! Ik zou een week lang moeten schrobben voordat ik mijn bakpan erop zou willen zetten. De vloer is zo glad van het vet, dat ik uitgleed en bijna onderuitging. Wat nu, Ep?'

'Als je het mij vraagt... Ik weet het wel,' antwoordde Ep, terwijl hij Boris zo hoog in de lucht gooide dat die het uitschreeuwde van plezier. 'We gaan naar buiten, lekker hamburgers met patat eten.'

Pippa en ik juichten. Mam keek minder blij.

'En wat eten we dan de rest van de week?' vroeg ze. 'We kunnen niet de hele tijd uit eten, Ep.'

'Kom op, m'n hennetje, maak je geen zorgen. Je zei net zelf dat we hier niet kunnen eten. Dus gaan we uit eten. Morgen zien we wel verder.'

Ik begon te zingen: 'Dus denk ik vandaag, áán morgen...' Ik heb misschien niet zo'n mooie

43

stem, maar het klonk als een klok.

'Elsa! Niet zo hard!' siste mam.

Ep trok een pijnlijk gezicht en deed zijn handen tegen zijn oren.

Dit liedje hadden we op school gezongen. Het komt uit de musical *Annie*. Ik heb vaak gedacht dat ik nog liever het weesmeisje Annie zou zijn dan mijzelf.

Toch was ik best vrolijk, want hamburgers en patat zijn mijn lievelingseten. Mam verschoonde Boris en we maakten ons klaar om te gaan. Het was vreemd om de kleine wc te gebruiken, zo midden in de kamer. Pippa wilde niet dat iedereen haar kon horen plassen, dus nam ik haar mee de gang op, op zoek naar een damestoilet.

Als mam die wc had gezien zou ze opnieuw witheet zijn geworden. Ook Pippa vond het niks. Ze rende er meteen uit. Er zat niks anders op dan al die trappen naar beneden te lopen, op zoek naar de wc waar we Naomi hadden gezien. Ik hoopte dat ze er nog zat, maar ze was weg. We kwamen langs de woorden op de muur, maar de jongens hingen er niet meer rond.

Onze magen rammelden tegen de tijd dat we buiten stonden. Na de wc waren Pippa en ik eerst al die trappen weer opgeklommen om onze jassen aan te doen. Daarna waren we opnieuw naar beneden gegaan, samen met mam en Ep en Boris.

Het viel niet mee om een fatsoenlijke snackbar te vinden. We liepen een hele tijd richting het centrum. Pippa bleef achter en mam, op haar hoge hakken, verstuikte haar enkel. Ik werd ook moe. Mijn tenen deden zeer in mijn gympies omdat ze alweer te klein werden. Mam mopperde over weggestopt worden op driehoog achter in een sjofel hotel en dat ze geen stap meer kon verzetten. Ep zei dat hij dan wel een taxi zou bellen. Mam zei dat hij gek was. En dat het geen wonder was dat we in een hotel terecht waren gekomen.

Het begon te klinken als een grote ruzie. Ik werd al bang dat we helemaal niks te eten zouden krijgen. Maar we kwamen bij een bushalte en er stopte al snel een bus naar het centrum, waar we instapten. Toen waren we in een mum van tijd bij een snackbar.

Ep at een driedubbele hamburger en mam nam kipnuggets. Ik koos een cheeseburger en Pippa ook, want zij neemt altijd hetzelfde als ik. Boris knabbelde op frietjes en kreeg zijn eerste aardbeienmilkshake.

Het was heerlijk. De grote ruzie was voorbij-gedreven. We hadden zelfs geen kleine ruzie gehad. Het was warm en gezellig. Ep nam Pippa op schoot, mam sloeg haar arm om mij heen en Boris vermaakte zich in de buggy met een handje chips.

We zagen eruit als een gewone familie die een dagje uit was. Alleen gingen we dus niet terug naar een gewoon huis. We moesten terug naar het hotel.

De buren in 607 hadden nog steeds ruzie. In 609 stond de tv nog steeds keihard. Vanuit 508 klonk nog altijd hardrockmuziek. In 608 kwamen de dreunen hard aan.

We gingen maar naar bed. Wat moesten we anders? Mam en Ep gingen in het tweepersoons-bed. Pippa en Boris elk aan een uiteinde van het ene eenpersoonsbed. Ik ging in het andere. Het lekkerst lag Knuffelkussen, in het eenden-ledikant.

Boris was niet de enige die in bed plaste. Pippa deed het ook, en kwam bij mij in bed liggen. Ze viel meteen weer in slaap.

Ik niet. Ik probeerde lekker te gaan liggen, ter-wijl Pippa's haar in mijn neus kriebelde en haar elleboog in mijn borst stak. Ik staarde in het donker. Ep snurkte. Boris snifte. Het liefst van alles wilde ik uit mijn drukke bed omhoog zweven, dwars door het dak naar de sterren toe.

Boterhammen met suiker

We kregen altijd een ander ontbijt. Mam gaf er niet zo veel om. Zelf hoeft ze alleen een kop thee en een koek. Ze kan niet elke morgen een ontbijt bedenken, zegt ze. Voor Ep maakt ze wel wat klaar. Hij houdt van grote vette boterhammen met spek en in zijn thee drinkt hij twee scheppen suiker. Dat vind ik ook lekker, maar het mag niet van mam. Dat is niet eerlijk. Soms, wanneer ze vrolijk is, mag ik een boterham met suiker als ontbijt. Volgens mij zou zij een boterham met suiker moeten nemen, om zichzelf wat zoeter te maken.

Pippa wil ook graag boterhammen met suiker, want zij houdt van alles waar ik van hou. Boris krijgt een zachtgekookt ei, dat altijd op zijn kleren terechtkomt. Zijn gezicht is knalgeel tegen de tijd dat hij uitgegeten is. Ook kan hij het niet laten om zijn stukjes brood zo te kneden dat het een grote pulp wordt. Soms begrijp ik wel waarom mam niet van eten houdt. Als je zo'n kleintje elke keer moet schoonpoetsen, heb je geen zin meer om zelf te eten.

Die eerste morgen in het hotel zag ik meteen dat mam geen zin had in ontbijt. Haar haar zat vol klitten, vooral aan de achterkant. Ze had vast de hele nacht liggen woelen. Ze had rode ogen. Ik had haar 's nachts horen huilen.

'Als jij de kinderen nou eens mee naar beneden neemt voor het ontbijt, Ep?' probeerde ze. 'Ik kan het niet vandaag. Ik voel me geheel en al belabberd.'

'Kom op, hennetje. Ik kan ze niet alle drie tegelijk hebben. Ik ben Mary Poppins niet.'

'Met mij hoef je niks,' zei ik eigenwijs.

'Ik wou wel eens dat dat echt zo was,' gromde Ep.

Zo doet hij altijd tegen mij. Alsof hij zo mijn hoofd eraf kan bijten. Hij is degene die zich gedraagt als een leeuw, niet ik.

Ik wou dat ik een manier kon vinden om hem te temmen.

'Ik zal Boris eten geven, mam. En ik let wel op of Pippa goed ontbijt,' beloofde ik.

'Je moeder gaat zelf goed ontbijten,' zei Ep. 'Dan zal ze zich wel beter voelen. Een lekker voedzaam ontbijt. We betalen ervoor, dus we gaan het tot de laatste hap opeten.'

'Goed dan, ik ga mee,' zei mam, terwijl ze haar bleke gezicht poederde en haar haar een beetje in model drukte. Ze pakte haar spiegeltje uit haar handtas en deinsde terug.

'Ik zie er niet uit,' klaagde ze.

'Ik vind je mooi, hennetje.' Ep gaf een zoen op haar gepoederde wang. 'En je zult helemaal opknappen van een gebakken ei met spek in je maag.'

'Hou op, Ep! Van het idee alleen word ik al misselijk,' zei mam.

Ik zou al overgeven als Ep zo tegen mij praatte.

We daalden alle trappen af naar de begane grond, waar de ontbijtzaal moest zijn. Ep snoof. Zijn harige neusvleugels trilden ervan.

'Ik ruik geen spek,' zei hij.

We kwamen er al snel achter waarom. Er was geen spek bij het ontbijt. Er was helemaal weinig. Alleen wat potten thee, kommetjes met cornflakes en wat sneetjes brood, wit en vierkant als de plafondtegels in de hal. Je kon pakken wat je wilde en dan aan een van de tafels gaan zitten.

'Geen spek?' Ep stormde de ontbijtzaal uit, naar de receptie.

'Boris moet zijn eitje eten,' zei mam. Ze zette Boris op haar heup en ging achter Ep aan.

Pippa en ik moesten lachen. We haalden onze schouders op en slenterden ook naar de receptie.

De grote mevrouw zat achter de balie. Vandaag droeg ze een zachte hemelsblauwe trui. Ik hoopte dat ze haar nagels bijpassend blauw had gelakt, maar dat was niet zo.

Zo helderblauw als de mevrouw was, zo'n donkergrijze onweerswolk was Ep. Hij schreeuwde en tierde over het magere ontbijt.

'Het is uw plicht om een goed ontbijt te serveren. Dat zeiden ze bij de sociale dienst. Ik ga een klacht indienen over u,' donderde hij.

'Wij hebben geen enkele verplichting, meneer. Als u het niet prettig vindt in Pension de Prins, dan kunt u toch gewoon gaan?'

'U weet heel goed dat we nergens anders terechtkunnen,' zei mam. 'Wat een afgang is dit. Mijn kinderen hebben een goed ontbijt nodig – mijn zoontje moet voldoende proteïne eten, anders wordt hij ziek.'

Het klonk alsof Boris elk moment dood kon gaan, terwijl ze moeite moest doen om die grote baby met zijn getrappel vast te houden. Hij rekte zich uit om het nieuwe blauwe speelgoedkonijn te aaien.

De grote mevrouw deed een stap achteruit om zijn kleverige klauwtje te ontwijken.

'We zorgen voor extra melk voor alle kinderen op het moment. Normaal gesproken serveren we ook gebakken en gekookte eieren, maar we zitten helaas net even zonder ontbijtkok. Vandaar dat we een Frans ontbijt serveren. U hoeft het niet te eten, het is graag of niet, hoor.'

We besloten dat het 'graag' werd.

'Frans ontbijt!' zei mam toen we aan de tafel in de hoek zaten. 'Dat is koffie in zo'n cafetière en verse croissants, niet deze troep.' Ze klapte zo'n witte boterham dubbel en open, dubbel en weer open. 'Hier zit niks voedzaams in.'

Er waren kleine kuipjes boter en potjes jam. En suikerklontjes. Heel veel suikerklontjes.

Ik begon ze te verkruimelen en over een boterham te strooien. Ik maakte een supersuikerboterham. Pippa probeerde er ook een te maken, maar ze kreeg de klontjes niet goed verkruimeld. Ze sloeg er hard mee op tafel om ze stuk te krijgen.

'Pippa! Hou daarmee op, in vredesnaam. Waar

ben je nou mee bezig?' zei mam, terwijl ze Boris een hap cornflakes gaf.

'Het is Elsa's schuld. Pippa doet haar alleen maar na,' zei Ep. 'Kom, geef mij die bak met suikerklonten en hou ermee op. Van suiker gaan je tanden rotten. Als je zo doorgaat, heb je nog voor je twaalfde een mond zonder tanden.'

Met mijn lippen om mijn tanden maakte ik geluidjes, om te voelen hoe dat zou zijn. Ik zoog aan mijn boterham om te kijken of ik wel kon eten zonder tanden. Ik slikte een stuk brood door dat nog niet zacht genoeg was en moest hoesten.

'Elsa! Wil je ons allemaal boos hebben!' siste mam.

'Stop daarmee!' zei Ep. 'Of je krijgt een pak rammel, oké?'

Oké. Ik probeerde als een gek om te stoppen met hoesten. Ik stond kuchend en proestend op om op het ontbijtbuffet wat melk te pakken. Er stond een grote donkere mevrouw met een baby. Ik vroeg me af of zij Naomi's moeder was en vroeg het, tussen twee hoestbuien door.

'Dat was ze niet,' zei ze en ze klopte me op de rug. Ik nam een flink glas melk en keek ondertussen de ontbijtzaal rond, in de hoop Naomi te zien. Er waren oude en jonge mensen en veel kleine kinderen. Ik zag zwarte en witte en bruine en gele mensen, rustige, luidruchtige en zich rood brullende baby's. Maar Naomi zag ik nergens. Misschien at ze haar ontbijt in de vensterbank van het damestoilet, met haar voeten in de wastafel.

Ik zag wel een van de jongens die op de muur had staan kladderen. Hij zag me kijken en trok een gekke bek en stak zijn tong uit. Ik deed hetzelfde.

'Elsa!' Mam kwam naar me toe en trok me terug naar de tafel. 'Waag het niet om bekken te trekken.'

Ik trok een andere bek. Langzamerhand kreeg ik er helemaal genoeg van dat ik overal de schuld van kreeg. Toen liep er een superknappe vrouw met allemaal kleine vlechtjes de ontbijtzaal in. Ze had twee kleine jongens bij zich en een peuter op haar arm. Achter haar liep een meisje, verdiept in een boek.

'NAOMI!' riep ik opgewonden en ik sprong op.

Ep schonk op dat moment net een grote kop thee in. Op de een of andere manier kwam het allemaal over hem heen. Hij keek niet blij. Het leek me slim nu naar Naomi te gaan.

'Hoi Naomi. Ik zocht je. Is dit jouw moeder? Zijn dat jouw broertjes?'

Ik zei 'hallo' en ze lachten en zeiden 'hallo' terug.

'Is dat jouw vader daarginds? Die man die zo tekeergaat?' zei Naomi.

'Niks aan de hand,' zei ik. 'Wat lees je?'

Ik keek snel even. Het boek had een losse kaft en daarop las ik *Op eigen wieken*. Er stonden vier meisjes in ouderwetse jurken op.

'Op eigen wieken,' zei ik. Het leek me een rare titel.

'Het is een geweldig boek, een klassieker,' zei Naomi's moeder trots. 'Mijn Naomi leest het steeds opnieuw.'

'Saai,' mompelde ik, terwijl ik op de bladzijden tuurde.

De verdoemde weerwolf greep het meisje en verscheurde haar in stukken met zijn enorme gele tanden...

'Is er een weerwolf in *Op eigen wieken*?' vroeg ik verbaasd.

'Sssh,' deed Naomi zachtjes en ze knipoogde. Ze draaide zich om, zodat haar moeder het niet zag, en tilde heel even de losse kaft op. *De verdoemde weerwolf wordt wild.*

'Aha,' zei ik en ik vond Naomi nog leuker.

Ik ging bij hen aan tafel zitten, ook al gebaarde Ep me terug te komen, OF ANDERS...

Naomi's broertjes zagen er schattig uit met hun grote ogen en lachende gezichtjes, maar onder de tafel was een gevecht gaande. Eén schop kwam recht op mijn knie. Ik gaf een gilletje en beide jongens keken angstig naar hun moeder. Ik verraadde ze niet, maar ik klemde verschillende dunne beentjes tussen de mijne en deelde her en der tikken uit. Ze kermden en klapten dubbel.

'Jongens!' zei Naomi's moeder. 'Stop met dat geklier.'

Ze probeerde de baby eten te geven, maar hij wilde niet en draaide zijn hoofd weg. Hij hoefde geen oude soppige cornflakes.

'Kom op, Nathan,' zei Naomi's moeder.

Nathan deed zijn lippen stijf op elkaar. Er droop cornflakesdrab over zijn kin.

'U kunt het beter met een vliegtuigje doen,' stelde ik voor. 'Mijn broertje Boris vindt dat heel leuk. Kijk, dat gaat zo.'

Ik nam de lepel, schepte er wat cornflakes op en liet hem door de lucht zweven boven Nathans hoofd.

'Hier komt een geladen jumbojet, hij gaat landen.' Ik maakte er vliegtuiggeluiden bij.

Nathan was zo verbaasd dat zijn mond openviel. Gauw schoof ik de lepel naar binnen.

'Het ruim wordt uitgeladen,' zei ik en ik wrikte de lepel zachtjes uit zijn tandeloze mondje.

'Toe maar, Nathan, lekker opeten, dan ga ik op zoek naar het volgende vliegtuig. Wat denk je van een Concorde?'

Nathan kauwde gehoorzaam, terwijl ik de lepel weer volschepte en hem vasthield aan de staart. Ik liet de motoren stevig brullen.

Aan de andere kant van de zaal deed mijn nep-oom Ep hetzelfde. Na een laatste brul kwam hij als een stier door de ontbijtzaal naar ons toe.

Ik liet de Concorde landen en ontlaadde hem in Nathans mond. Van het volgende vliegtuig maakte ik een bommenwerper. Hij had super-snelle raketten.

Toen explodeerde Ep. Maar op een andere manier dan ik stiekem wel had gewild.

'Hoe haal je het in je hoofd,' gromde hij. 'Zo veel lawaai maken en deze arme mensen lastig-vallen.' Hij trok me omhoog uit mijn stoel.

'O nee hoor. Ze is ons helemaal niet tot last,' zei Naomi's moeder meteen. 'Bent u de vader van Elsa?'

'Nee!' zei ik.

'Nee!' zei Ep.

Dat was het enige waarover we het eens waren.

'Elsa is mijn *stief*dochter,' zei Ep. Hij sprak het woord 'stief' uit alsof het een scheldwoord was. 'Ik heb mijn best gedaan om haar op te voeden als mijn eigen kind, maar het loopt nogal eens uit de klauwen met haar.'

Ik wilde op dat moment vooral uit zíjn klauwen weg. Hij hield me bij mijn schouders vast, zijn vingers drukten in mijn vel.

'Nou, hier bij ons was ze heel lief. Ze hielp me juist mijn gezin een beetje op orde te houden.'

'Ze heeft mijn broertje zover gekregen dat hij al zijn cornflakes opat,' zei Naomi.

'Jammer dat ze dat nooit eens met haar eigen broertje en zusje doet,' zei Ep. 'Kom, Elsa, je moeder heeft je nodig.'

Hij gaf een ruk aan mijn schouder en hield vast. Ik kon kiezen: meegaan of mijn arm eraf laten trekken. Ik keek om naar Naomi.

'De verdoemde weerwolf,' zei ik zonder geluid te maken, met een hoofdknik naar Ep.

Naomi knikte. Ze glimlachte bemoedigend.

Ik kon wel wat moed gebruiken. Ep was in een gevaarlijke bui.

'Wat denk je wel, door de zaal rennen en de mensen de oren van de kop schreeuwen?' schreeuwde hij mij de oren van het hoofd, terwijl we door de zaal renden.

Ik voelde dat dit niet het moment was om te zeggen dat hij dat nu vooral zelf deed. Hij drukte me terug aan tafel en gaf me zijn oude preek over dat ik moest leren te doen wat me gezegd werd.

Pippa zat te schuiven en te wiebelen alsof zij

degene was die een preek kreeg, en niet ik.

'Ik moet naar de wc,' kondigde ze aan.

'Nou, ga maar dan,' zei Ep.

'Ik kan het zelf niet vinden,' zei Pippa.

Ik greep mijn kans. 'Ik loop wel mee.' Ik pakte Pippa's hand en ontsnapte aan de vloek van de weerwolf.

In de gang waren jongens weer bezig vieze woorden op de muur te schrijven. Een oudere mevrouw met een stofzuiger kwam net om de hoek.

'Hé, maak dat eens schoon, viezeriken,' riep ze. Ze richtte de stofzuigerstang op hen.

De jongens lachten en zeiden de vieze woorden tegen haar.

'Akelige rotjochies,' zei de vrouw.

Toen zag ze ons.

'Handen voor je oren, liefjes. En doe je ogen ook maar dicht. Deze kwajongens brengen een smet op Pension de Prins. Een vreselijk vieze smet.' Ze drukte de stofzuiger tegen het jack van de dichtstbij staande jongen en stofzuigde het.

'Laat dat, ja! Mijn moeder heeft dit net nieuw gekocht,' schreeuwde de jongen verontwaardigd.

'Ik probeer je alleen maar schoon te maken, jochie, al die smet van je af halen. Nou ophoepelen, allemaal, of ik haal de directeur.'

Met duidelijke tegenzin schuifelden de jongens weg, terwijl de vrouw als een overwinnaar de stofzuigerstang in de lucht stak. Pippa en ik giechelden. Mevrouw Stofzuiger liep met ons mee naar de Dames om een sigaretje te roken.

'O liefjes, deze baan wordt nog eens mijn dood,' zei ze terwijl ze een trekje nam. Ze stopte de sigaretten en lucifers terug in haar zak en strekte haar benen. Ze droeg een oude, uitgezakte broek.

'Vroeger was dit een chic hotel,' vertelde ze. 'Echt een mooi zakenhotel. Iedereen was vriendelijk en je kreeg vaak een flinke fooi. Tegenwoordig krijg je zomaar beledigingen naar je hoofd. Er wonen hier alleen nog maar smeerlappen. Echt waar. Smeerlapperij, dat is het.'

Ze was opeens fel geworden. Toen keek ze naar mij.

'Niet beledigend bedoeld, liefje. Jullie lijken me leuke meisjes, jij en je zusje.'

'U bedoelt dat wij alleen maar een beetje smerig aan de randjes zijn,' zei ik.

'Hè, wat? Ach, schei uit!' Grinnikend nam ze een trek van haar sigaret.

'Wat is smeerlapperij?' Pippa kwam uit de wc en ging haar handen wassen.

'Dit is smeerlapperij,' zei ik en ik liet mijn vinger langs de rand van de vieze wastafel glijden.

'Nou niet beledigend worden, liefje. Het was hier altijd zo schoon dat je uit de wastafels kon eten. Maar ik heb er geen plezier meer in. En de directie is vreselijk. Steeds minder personeel. Hoe kan ik nou in mijn eentje de hele boel spic en span houden, hè, met mijn benen.'

Ze wreef haar broek glad en schudde haar hoofd. Toen keek ze naar de wastafel.

'Kijk, dat is een voetafdruk, zie je dat nou? O, dat is toch niet te geloven? Ze zetten gewoon hun voeten in de wastafels tegenwoordig.'

'Ik vraag me af wie zoiets doet,' zei ik en ik gaf Pippa een knipoog.

'Ik weet het!' zei Pippa, die mijn knipoog niet begreep.

'Nee, dat weet jij helemaal niet,' zei ik snel. 'Weet u wat, we helpen u een beetje met schoonmaken, Pippa en ik. Ik kan goed stofzuigen, dat vind ik leuk.'

Ik had geen haast om terug te gaan naar de ontbijtzaal, waar Ep nog zat. Het leek me beter om hem eerst een beetje te laten afkoelen.

Dus mevrouw Stofzuiger ging met haar stijve benen op de trap zitten en stofte hier en daar een beetje, terwijl Pippa met stoffer en blik aan de gang ging. Ik zette de stofzuiger aan en zoog alle troep uit de versleten vloerbedekking.

Ondertussen bedacht ik wat ik zou doen als Ep nu voor me stond. Ik zou hem pakken en de lucht in slaan. Ik zou een supergrote stofzuiger bij me hebben. Ik zou echt niet alleen zijn kleding schoonzuigen. Ik zou hem in z'n geheel wegzuigen.

Ik huppelde door de gang en had veel plezier, tot de echte Ep plotseling om de hoek kwam. Hij was niet in een rustige bui. Integendeel, het leek of hij op het kookpunt was.

'Wat voor spelletje ben je nu weer aan het spelen, Elsa?'

'Het is geen spel. Ik help het hotel schoonmaken.'

'Zet dat ding af! En praat niet zo tegen me,' zei Ep. 'Wij dachten dat jullie verdwaald waren. Jullie zijn al bijna een halfuur weg. Kun je dan niet bedenken dat je moeder ongerust wordt? Elsa!'

'Ik dacht dat ik niet tegen je mocht praten,' zei ik.

Ep kwam naar me toe, hij spuwde zowat vuur.

'Niet boos zijn op dat meiske, ze heeft me zo goed geholpen,' zei mevrouw Stofzuiger. 'Ze heeft de vloerbedekking stevig onder handen genomen, zal ik je vertellen. En dat kleintje heeft de trap gestoft, niet, scheetje?'

'Ja, nou, fijn als u zich met uw eigen zaken wilt bemoeien,' zei Ep en hij nam Pippa in zijn armen. 'Kom maar mee met papa, kuikentje. We waren vreselijk bezorgd om wat jou wel niet overkomen was. Mama is helemaal naar boven gelopen, om te kijken of je op de kamer was.'

Ep stormde weg, de hoek om, Pippa schuddend in zijn armen. Hij beende langs de bende jongens, die opnieuw vieze woorden op de muren aan het schrijven waren.

'Uit de weg, schorem!' donderde Ep.

Vanaf haar hoge uitkijkpost staarde Pippa naar de woorden. Het langst keek ze naar het smerigste woord. Dat had ze onthouden. Ze sprak het luid en duidelijk uit.

'Wat zei je daar, Pippa?' Ep schrok zo erg, dat hij haar bijna liet vallen.

Braaf zei ze het nog een keer. Het was niet verkeerd te verstaan.

'Ik lees, papa,' zei ze trots.

De jongens lagen krom van het lachen.

'Kom hier, ik zal die grijns van jullie domme koppen vegen!' schreeuwde Ep. Hij spuugde de woorden uit zijn mond.

'Waar lijkt het op om zulke schunnige taal op de muur te schrijven, waardoor mijn dochtertje al die viezigheid leert?'

Ze stopten met lachen en maakten opmerkingen, toen ze zagen dat Ep het echt meende. Ep greep er een, het was de jongen tegen wie ik een gezicht had getrokken. Hij trok nu zelf rare gezichten, in zijn pogingen om los te komen.

'Ik heb dat woord niet geschreven, echt niet,' schreeuwde hij. 'Dat deed zij!'

Hij wees naar mij. Zijn vrienden keken op en deden hetzelfde.

'Ja, het was die meid.'

'Die met al dat haar.'

'Precies, dat kleintje met die grote bek.'

Het leek erop dat ik een groot probleem had.

En dat was ook zo.

Ik probeerde het uit te leggen, maar Ep luisterde niet.

Hij sloeg.

Snoepjes voor een goede daad

Ep bleef de hele dag in zijn verschrikkelijke humeur. Wat zeg ik? De hele week. En mam was niet veel beter. Ze werd niet boos op me, ze mopperde niet. Ze zei eigenlijk helemaal niet veel. Ze zat veel op bed te staren. Soms kon Ep haar uit die stemming trekken. Meestal niet.

Ik vond het vreselijk om mam zo verdrietig en moedeloos te zien. Ik probeerde haar op te vrolijken door mopjes te vertellen.

'Hé, mam, wat is groot en groen en zit in je neus?'

'O Elsa, alsjeblieft. Laat me maar.'

'De verschrikkelijke pulk!'

Ik viel om van het lachen. Mam glimlachte niet eens.

'Oké, deze is beter. Waarom huilt het koekje?'

'Wat voor koekje, waar heb je het over?'

'Maakt niet uit welk koekje.'

'Mag ik een koekje, mama?' vroeg Pippa.

'Hé, luister nou, dit is een leuke grap. Waarom huilt het koekje dan? Omdat zijn moeder ook een koekje was. Geweest.'

Ik wachtte. Niemand reageerde.

'Snap je 'm niet?'

'Laat me maar met rust, Elsa, alsjeblieft,' zei mam. Ze liet zich achterover op bed vallen en verborg haar hoofd onder het hoofdkussen.

Ik was vreselijk bezorgd. Ik wilde haar zo ontzettend graag weer zien lachen.

'Mam? Mam!' Ik ging naar haar toe en schudde haar arm.

'Laat haar,' zei Ep, maar naar hem luisterde ik niet.

'Mam, wat gebeurde er met de vrouw die met haar hoofd onder een kussen ging slapen?'

Mam gromde iets.

'Toen ze wakker werd, had de tandenfee al haar tanden meegenomen!'

Mam verroerde zich niet.

'Elsa, ik zeg tegen je: laat haar met rust,' grauwde Ep.

Ik wilde het nog één keer proberen.

'Ga je slapen, mam? Luister eens. Wat

gebeurde er met de vrouw die droomde dat ze een megagrote slagroomtaart at?'

'Mag ik ook taart?' vroeg Pippa.

'Toen ze wakker werd, was haar hoofdkussen weg!'

Mam bewoog niet. Ep wel.

'Ik waarschuw je, Elsa. Nog één zo'n flauw grapje en het is gebeurd.'

'Pap, mag ik een koekje of een snoepje? Ik heb honger,' zeurde Pippa.

'Oké, oké.' Ep frummelde wat muntgeld uit zijn broekzak. 'Ga maar even met haar naar die winkel op de hoek, Elsa. Hier.'

'Waarmee betalen eskimo's? Met muntijs!'

'Ik zeg nog zo: geen moppen meer!'

'Oké, oké.' Ik pakte Pippa bij de hand en glipte de kamer uit.

'Weet je waarom volwassenen zo zwaar zijn?' vroeg ik haar, terwijl we de trappen af liepen. 'Omdat ze vol was zitten. Vol vuile was,' zei ik terwijl ik Ep voor me zag, helemaal opgevuld met zijn eigen vieze kleren. Ik moest heel hard lachen. Ik weet niet zeker of Pippa me begreep, maar ze lachte mee, voor de gezelligheid. De grote speelgoedkonijnmevrouw drukte haar vinger op haar lippen en deed: 'Ssst! Ssst!' naar ons.

'Ze is net een trein,' zei ik tegen Pippa. 'Hé, wat is een trein vol met toffees?'

'O ja, toffees! Koop je toffees? Die vind ik ook lekker!'

'Nee Pippa, je luistert niet. Wat is een trein vol met toffees? Een toffe trein!'

Pippa keek me onnozel aan. Ik lachte. Zij lachte ook, maar dat was omdat ze me altijd nadoet. Ik wou dat ze oud genoeg was om mijn grapjes te begrijpen. Ik verlangde ernaar ze aan Naomi te vertellen, maar die was naar school.

Dat was een van de voordelen van het wonen in Ei on rins. Ik kon niet naar school, want die was kilometers ver weg. Niemand had iets gezegd over wat voor school dan ook. En ik was niet van plan erover te beginnen.

Ik hield Pippa's hand stevig vast toen we het hotel uit de straat op liepen. Op de hoek was een winkel die snoep en sigaretten verkocht en kranten en films – alles wat je nodig kunt hebben.

Een paar van de jongens van het hotel hingen rond bij de films. Ze lazen stukjes voor en deden scènes van horrorfilms na. Een van hen klauwde met zijn vingers naar me, alsof hij een zombie was, net opgestaan uit zijn graf.

'Oe, ik ben doods... bang,' zei ik en ik lachte

hard. 'Wat doen jullie hier nou allemaal? Spijbelen jullie van school?'

Ze grinnikten een beetje. Dus ik had de spijker op z'n kop geslagen.

'Als je ons verlinkt, ga je eraan,' dreigde een andere jongen stoer.

'Heus niet. Ik maak niemand zwart,' zei ik, terwijl ik naar de jongen van de gekke bekken keek, die mij verraden had.

Hij grinnikte nog eens, maar hij kreeg een rode kop.

'Ja, hoor 's, ik wist niet dat je pa zo boos zou worden,' zei hij snel.

'Hij is mijn pa niet. Hij is alleen maar mijn moeders vriend, dat is alles.'

'Sloeg hij? We hoorden je schreeuwen.'

'Jij zou ook schreeuwen als hij jou te pakken nam.'

'Hier. Mag je wel hebben.' Gekke Bekkies gaf me zijn dikke zwarte stift. Zo'n zelfde stift had ik gebruikt om het smerigste woord ooit te corrigeren.

'Wow, geef je die aan mij?' vroeg ik.

'Ja, als je hem hebben wil.'

'Echt wel. Mijn eigen zwarte viltstift is net op. Hé, wat is zwart en dan weer wit, en dan weer zwart en dan weer wit?'

'Eh...' zei hij onnozel.

Maar een van zijn vrienden verpestte het.

'Een non die van een berg af rolt,' zei hij met een lach. 'Dat is een oude mop.'

'Oké, oké, het is zwart en wit en lacht: ha-ha-ha.'

Ik wachtte. Deze keer had ik ze.

'De non die haar geduwd heeft.'

Bekkie proestte van het lachen. De anderen grinnikten ook. Ze lachten om mijn grap! Ik wilde de hele dag daar wel blijven staan moppen tappen. Maar de jongens gingen ervandoor toen de man van de winkel een beetje raar begon te doen.

Pippa en ik kozen snoep uit de vitrine. We deden er lang over, vooral omdat Pippa niet kon kiezen. Twee keer wilde ze toch iets anders, nádat ze een likje had genomen om te proeven van een kleurige lolly en van een rode gummi-spin. Maar de man kon niet ver genoeg over de toonbank kijken om haar te zien.

We gingen weg met twee dikke repen chocola, drie toffeeplakken, twee schuimmuizen, een zuurstok, een ijslolly en een zak gemengde drop.

Op de terugweg naar het hotel aten we alles

op. We deden rustig aan. Ep was in zo'n slechte bui dat hij zelfs op Pippa boos was geworden.

Ik wilde een reep chocola voor Naomi bewaren, en toffeeplakken voor haar broertjes. Maar ik was best hongerig. En tegen de tijd dat Naomi uit school kwam, waren er alleen nog wat dropjes over. Ze waren een beetje kleverig en stoffig geworden omdat Pippa ze aan Knuffelkussen had gevoerd.

'Geeft niks, ik was ze gewoon even af onder de kraan,' zei Naomi en ze ging naar de wc.

Zij en ik kropen samen in het venster en stopten onze voeten in de wastafel. Daar lazen we de griezeligste stukjes uit haar verdoemde-weerwolfboek en kregen de slappe lach. Mijn Pippa en haar Nicky en Neil en Nathan bleven ons lastigvallen. Dus we vulden de andere wastafels met water en zetten hen erbovenop. Zo konden zij ook lekker poedelen. Het was de bedoeling dat ze alleen hun voeten nat kregen. Maar dat werd wel een beetje meer.

Toen we teruggingen naar kamer 608 was ik bang dat ik ruzie met mam en Ep zou krijgen, omdat Pippa's kleren doorweekt waren. Maar gelukkig had mam niks in de gaten en Ep was naar buiten gegaan met Boris. Boris vindt het heerlijk om met zijn vader ergens heen te gaan. Het maakt hem niet eens uit waarnaar toe. Vreemd kind, die Boris. Hij vindt zijn vader een reus.

Ik vind Ep ook een reus. Zo'n harige Schotse reuzenstier met hoorns.

Niet alleen Pippa en Nicky en Neil en Nathan waren drijfnat geworden van het spelen in de wastafels. De vloer van de wc's was veranderd in een soort zee. Naomi en ik hadden nog geprobeerd om het water een beetje op te dweilen. Dat was niet zo heel goed gelukt met wc-papier.

Mevrouw Stofzuiger moest eraan te pas komen en daar werd ze niet vrolijk van. Ik voelde me schuldig. Dus de volgende ochtend hielpen Pippa en ik haar met stofzuigen. Ik moest die dag ook op Boris passen, dus ik probeerde hem te laten stoffen. Hij stopte de stofdoek in zijn mond, maar mevrouw Stofzuiger vond het niet erg.

'O, wat een scheetje! Wat een poepie!' kraaide ze.

'Heeft u snoepjes bij u?' vroeg Pippa hoopvol.

'Jij bent al net als mijn kleindochtertje, schatje. Altijd achter haar oma aan voor lekkers. Hier, ik heb wel wat, hoor.'

Mevrouw Stofzuiger gaf ons allebei een fruitsnoepje. Boris moest het met de stofdoek doen. Het snoepje zou in z'n keel kunnen komen en dan zou hij stikken.

'Mjam mjam, ik heb een oranje. Dat zijn de op één na lekkerste,' zei Pippa. 'De rode zijn nog lekkerder,' voegde ze er hoopvol aan toe.

Nee nee, wilde ik zeggen, maar mevrouw Stofzuiger glimlachte.

'Jij bent een gulzig dametje,' zei ze en ze zocht een frambozensnoepje uit.

'Wat zeg je dan, Pippa?' zei ik.

'Dank u wel, mevrouw Stofzuiger.'

'Wie?' zei mevrouw Stofzuiger, want Stofzuiger was niet haar echte naam. Het was alleen maar de naam die wij haar hadden gegeven. Eigenlijk heette ze mevrouw Epperson, maar dat deed me te veel denken aan Ep, mijn minst favoriete persoon aller tijden.

Hij had me alweer een mep gegeven. Pippa en ik hadden 'zoek het vliegende tapijtje' gedaan in onze kamer. Ik had het verstopt onder de mat die over een gat in de vloer lag. Hoe kon ik weten dat Ep opeens terug zou komen van de gokhal? Hij stormde de kamer binnen, struikelde over de bobbel, gleed met kleedje en al uit en viel op de harde marmeren vloer.

Ik probeerde niet te lachen, maar ik kon niet anders. Het zag er zo grappig uit. Vooral toen hij met een bonk op de vloer terechtkwam.

'Ik zal je leren mij uit te lachen,' zei hij terwijl hij overeind krabbelde.

Hij deed zijn best.

Maar ik lachte het laatst. Ik ging naar de damestoiletten en vermaakte mezelf met mijn nieuwe zwarte viltstift.

Wat is de overeenkomst tussen de Schotse stier in kamer 608 en een antislipzool?
Ze hebben allebei pukkels.

De Schotse stier in kamer 608 werd ontslagen wegens ziekte. Zijn baas werd misselijk van hem.

Wat gebeurde er toen de Schotse stier in kamer 608 een hersentransplantatie kreeg?
De hersenen stootten hem af.

Waarom loopt de Schotse stier in kamer 608 steeds om zichzelf te lachen?
Omdat hij denkt dat hij malle Eppie is.

Superlunch

Ik raakte snel gewend in Pension de Prins. Ik werd altijd vroeg wakker. Dan kroop ik lekker onder m'n dekbed met een zaklantaarn en mijn moppenboekjes om grappige wijsheden uit mijn hoofd te leren. Ik herhaalde de grappen net zo lang tot ik ze door en door kende. Vaak lag ik te rollen van het lachen.

Soms schudde het bed zo erg dat Pippa wakker werd en zich afvroeg of er een aardbeving was of zo.

Ik mocht dan aardbevingen veroorzaken, Pippa zorgde voor haar eigen natuurrampen: overstromingen. Mam werd er elke keer weer boos om. Ze zei dat Pippa veel te groot was om in bed te plassen. Ze liet Pippa niks meer drinken 's avonds, maar daar werd het alleen maar erger van. Pippa huilde dat ze dorst had, en plassen deed ze toch wel.

Dus ik wende er ook aan om 's ochtends Pippa's natte beddengoed naar de wasruimte te brengen voordat mam en Ep wakker werden.

Er waren maar twee wasmachines en één wasdroger. Meestal waren ze in gebruik. Maar heel vroeg in de ochtend sliep iedereen nog of ze brachten de kinderen naar school. Dat was een goed moment om de lakens te wassen voor mijn lekkende zusje.

Soms waren er twee oosterse mevrouwen, in hun mooie kleren. Zij zagen eruit als wezens uit een sprookje uit Duizend-en-een-nacht, in plaats van de gewone moeders in saaie T-shirts en leggings. Hun gesprekken in hun eigen taal klonken ook heel geheimzinnig en sprookjesachtig in mijn oren. Met hun kinderen kon ik gewoon praten, ook al waren ze hier nog maar een paar maanden. Maar de moeders deden geen moeite. Ze praatten toch alleen maar met elkaar.

Eerst was ik een beetje verlegen. En het leek wel of zij ook een beetje verlegen door mij waren. Maar na een paar keer zeiden we gewoon 'hallo' tegen elkaar. Toen hun waspoeder een keer op was, gaf ik ze wat van ons. De volgende dag kreeg ik een half pak terug en een speciaal soort roze snoepje. Het was het zoetste wat ik in heel mijn leven heb gegeten. Het was zo zoet dat ik er een beetje misselijk van werd. Toen ik terugkwam in de kamer gaf ik het aan Pippa. Zij zat er een tijdje genietend op te zuigen, maar toen kreeg zij er ook genoeg van. We wreven een beetje op Boris z'n fopspeen. Hij bleef de hele ochtend rustig.

Boris stilhouden was geen makkie. Hij was altijd een blije baby geweest. Alleen maar af en toe was hij lastig. En met zijn sterke knuistjes en schoppende beentjes was hij soms moeilijk in bedwang te houden. Maar echt huilen en zeuren had hij nooit gedaan. Nu deed hij niet anders. Misschien kwam het omdat hij meer ruimte nodig had. Net toen hij begon te kruipen en zijn omgeving wilde verkennen, kwam hij hier terecht. In kamer 608 kon hij niet lekker rond-kruipen. Het was er veel te klein en te druk.

Het was ook gevaarlijk. Als je maar twee seconden niet naar hem keek, probeerde hij de haarspray van mam uit. Of hij goot een pak suiker leeg. Of hij pulkte met zijn vingertjes in een stopcontact.

Als je hem buiten het bereik van al die dingen wilde houden, was er maar één oplossing: de box. Boris had een hekel aan de box. Hij wilde overal naartoe behalve daar.

Maar mam en Ep wilden nergens naartoe. Zij

wilden alleen maar slapen. Vaak gingen ze 's ochtends niet eens naar de ontbijtzaal. Dus dan ging ik met Pippa en Boris en daarna hielpen we mevrouw Stofzuiger en speelden in de gangen.

We zetten Boris aan het eind van de gang, en dan renden we snel naar de andere kant. Tegen de tijd dat hij bij ons was, konden we net een snel spelletje doen.

Boris werd zo goed in kruipen, dat hij goud zou hebben gewonnen op de Olympische Spelen voor baby's. Als we even van hem af wilden zijn, maakten we een soort apenkooi voor hem, met dozen, hekjes en kussens. Daar kon hij onder- of tussendoor of overheen kruipen.

Soms haalden we er meer baby's bij. Dan hielden we een babyrace. De grote broers en zussen wedden dan wie er zou winnen. Dat ging heel goed. Pippa en ik deden graag mee, want Boris won altijd.

We maakten wel lawaai. Soms kwam Ep de gang in om te zeggen dat we onze kop moesten houden. Als hij in een slechte bui was, schreeuwde hij naar ons, maar niemand werd nog bang van hem. De kinderen mompelden het woord 'pukkels' of 'hersentransplantatie' en hadden vette lol. Alle meisjes hadden de mopjes in de damestoiletten gelezen. Zelfs een paar jongens hadden zich er gewaagd.

Ep en mam kwamen vaak pas tegen de middag uit bed. Mijn middageten bestond uit mijn eigen keuze uit de winkel op de hoek. Dat was dus mijn lievelingsmaaltijd. Ik moest een pakje sigaretten voor mam meebrengen en de krant voor Ep. Soms kwam er een boodschap bij, zoals een pak melk of een rol biscuitjes. Maar verder kon ik chips kopen en cola en chocola en snoep en wat ik maar wilde van het geld dat over was. Pippa en ik hadden altijd een superlunch.

VOORBEELD VAN EEN WEEK SUPERLUNCH

– Maandag –

Appelsap, kaasblokjes, toffeestaaf, gevulde koek, kauwgom

– Dinsdag –

Aardbeienshake, tortillachips, een muffin, een Mars

– Woensdag –

Blauwe limonade, Hamka's, een Bounty, Bi-Fi-worstjes

– Donderdag –

Dr Pepper, kaasbolletjes, Choco Prince, ijslolly

– Vrijdag –

Cola, kaas-uienchips, krokante reep, colaflesjes

– Zaterdag –

Aardbeienyoghurtdrink, fruitkoekjes, kaasflips, Chokotoffs

– Zondag –

Chocomel, currychips, gedroogde banaantjes, een toverbal

En dit alles maal twee, want Pippa wil altijd hetzelfde als ik. Boris kreeg een likje van dit en een kruimel van dat, maar hij had zijn babyflesje, dus verder was alles voor ons.

Soms gingen we met het hele gezin 's middags naar buiten, een eindje wandelen in het park. Leuker vond ik het als Ep naar de gokhal ging en Boris meenam. Dan gingen mam en Pippa en ik winkelen. Niet bij de winkel op de hoek of bij de koopjeshal. Niet bij de 1-eurowinkel of de prijsknaller verderop in de straat.

Nee, dan gingen we naar echte winkels in het centrum. Het liefst naar winkelcentrum Bloemenzee. Dat was helemaal van glas en bij de ingang stonden kleurige bossen verse bloemen. Op de deur van elke winkel waren bloemen geschilderd. Aardige mevrouwen in lange jurken liepen rond en deelden bloemen uit.

Mam en Pippa en ik konden uren ronddwalen in Bloemenzee.

Natuurlijk konden we geen boeken kopen, of cd's of speelgoed of kleren. Maar we konden er lezen en luisteren en spelen en passen. En dan moesten we de hele weg teruglopen en werden we heel moe, want we hadden nooit geld voor de bus. Maar dan roken we aan onze bloemen en deden net of het grote boeketten waren.

Ik fantaseerde vaak dat ik een beroemde cabaretière was. Ik had dan net een ontzettend
grappig optreden gedaan. Het publiek had
kromgelegen van het lachen. Ze hadden geklapt
en gestampt en 'Nog-een-grap-je!' geroepen. En
ze hadden rozen naar me gegooid...

'Hé mam, Pippa, wat krijg je als je een roos
kruist met een python?'

'O Elsa, alsjeblieft, nu even niet.'

'Ik weet niet wat het wordt, maar probeer er
niet aan te ruiken!' Ik moest lachen. En ik probeerde er nog een.

'Het is ochtend. De rozen worden wakker.
Zegt de ene roos tegen de andere...'

'Goeiemorgen roos,' zei Pippa. Ze schaterde.
'Hé, ik zeg de mop!'

'Begin jij nou ook al,' mopperde mam.

'Dat is geen mop, Pippa. Want hij is niet grappig. Nee, luister. Zegt de ene roos tegen de
andere: Ik heb geslapen als een roos. Begrijp je?
Dat is grappig.'

'Dat is helemaal niet grappig,' zei mam.

Ik deed of ik haar niet hoorde.

'Oké dan. De ene roos wil de andere een zoen
geven. Zegt de andere roos...'

'Je ruikt als een roosje,' raadt Pippa. 'Is dat goed? Heb ik de mop nu goed?'

'Nee! Pippa, je kunt niet gewoon maar alles zeggen. Het moet een grap zijn. Weet je wat de ene roos tegen de andere zegt? Au! Je prikt!'

'En nu ga ik jou prikken als je nog één mop vertelt,' zei mam. Maar dat meende ze natuurlijk niet. Dat was gewoon een van haar niet-grappige grapjes.

Mam was nog altijd mijn lieve mama, vooral als we naar Bloemenzee gingen. Maar terug in kamer 608 leek het alsof ze verwelkte als een bloem.

's Avonds zaten en lagen we in de kamer. Net als de mensen in de kamers om ons heen. Die van 607 maakten nog altijd ruzie. Die van 609 hadden altijd de tv keihard staan. De buren onder ons in 508 kregen maar geen genoeg van hun hardrock. Onze vloer trilde mee op hun bastonen.

We gingen ook een keer naar beneden, naar de televisiekamer. Dat was een lachertje. Er stond niet eens een lekkere bank of een fijne leunstoel. Er waren alleen rechte stoelen, dezelfde als in de ontbijtzaal, maar dan nog ouder. Je moest ze allemaal uitproberen om er een te vinden met stevige poten. De televisie stelde ook niet veel voor. De leukste kanalen zaten er niet op. Soms kon je van een programma alleen het geluid volgen. Op de meeste kanalen bestond het beeld uit trillende vierkantjes.

'Ik word hier gek van,' zei mam. 'Ik heb het gevoel dat ik zelf uit trillende blokjes besta.'

'In godsnaam, niet weer zo'n bui,' zei Ep. 'Ik kan er niet meer tegen. Ik ga.'

Mam dook nog meer in elkaar toen hij wegliep. Ik ging naar haar toe en sloeg mijn arm om haar heen. Ze leek het niet te merken.

'Opgeruimd staat netjes,' zei ik ferm.

We wisten allebei waar hij naartoe was. De kroeg in. Hij dronk al ons geld op en leende dan nog van zijn drinkmaten. Daarna kwam hij terug gestrompeld naar kamer 608. Dan deed hij dom en snurkte de hele nacht. De volgende dag had hij een kater en werd boos om niks.

Ik leerde zijn gedrag beter voorspellen dan de weerman een onweersbui. Later op de middag begon hij zich altijd schuldig te voelen. Soms won hij wat geld terug in de gokhal. Dan nam hij mam mee uit eten en mocht ik op de kinderen passen.

Op een zondagmorgen stond hij vroeg op. Ik

hoorde hem naar buiten gaan voordat de anderen wakker werden. Ik hoopte dat hij weg zou blijven, maar nee. Om tien uur was hij terug, weer waggelend, maar nu omdat hij een televisietoestel sjouwde.

'Voor een prikkie op de kop getikt,' zei hij triomfantelijk. 'Hier! Nou hoeven we niet meer naar die stomme televisiekamer. We kunnen naar onze eigen tv kijken. Geweldig, toch?'

Het was een oud toestel met een antenne erbovenop. Je moest draaien en draaien aan dat ding om beeld te krijgen, en natuurlijk kon hij niet de leuke zenders ontvangen. Maar het was onze eigen televisie, dat wel. We konden het volume zo hoog zetten dat we de ruzies in 607 niet meer hoorden. We zetten dezelfde zender op als de buren van 609 en dan hoorden we het programma in stereo.

Mam leek minder somber nu ze naar de televisie kon kijken. Ze zette hem aan zodra ze wakker werd. Uren nadat ik ging slapen stond hij nog steeds aan. Meestal luisterde ik er graag naar. Maar soms stopte ik mijn hoofd onder mijn dekbed en drukte mijn handen op mijn oren, zodat ik alleen het gezoem tussen mijn oren hoorde. Dan zette ik de kleine privételevisie in mijn eigen hoofd aan. Daar verzon ik mijn eigen programma's, die nog veel beter waren dan de echte.

Ik was de presentatrice van *Ontbijt-tv*. Ik interviewde mensen vanuit mijn eigen slaapkamer. En ik speelde in alle soaps. Ik won alle quizzen, ik was de sterkste vrouw van het heelal en ik knipte knappe figuren in mijn knutselprogramma. Ik speelde een heleboel filmrollen. En het beste van alles: ik had mijn eigen cabaretshow en dat was een groot succes.

Terug naar school

Net toen ik eeen beetje gewend was in Pension de Prins verpestte mam alles. Ze was niet somber meer. Ineens moest er van alles. Ze zei dat we niet van plan waren nog een dag langer in deze oude meuk te blijven wonen. Ze ging naar de woningdienst en naar de sociale dienst en naar makelaars. Ze zette Boris als een wapen op haar heup. Pippa nam ze aan de andere hand en ik moest ook mee.

Als we ergens lang moesten wachten, stuurde ze mij met Pippa de vijandelijke gangen van een wildvreemd gebouw in om een wc te zoeken. Boris gebruikte ze als handgranaat. Ze trok de speen uit zijn mond, waarop hij begon te krijsen, en dan lieten mensen haar soms voor.

Elke dag ging mam op pad om terrein te veroveren. Niet dat het veel effect had. En zolang er geen andere plek voor ons was, moesten we in het hotel blijven.

Iemand bij de sociale dienst vertelde mam over een dagopvangcentrum. Je kon daar zo binnenvallen, zei hij. De kinderen konden er spelen en je kon goedkope maaltijden krijgen. Dat wilde mam wel eens zien.

Ik hield meteen niet van het geluid daar.

Toch was het er niet zo heel stom. Het centrum bestond uit een grote ruimte. De ene helft was gevuld met moeders, de andere helft was een crèche. Dat was een zangkoor van huilende en gillende peuters en de dirigent was een mevrouw die op het punt stond gek te worden.

Pippa en ik hielpen haar een beetje, zodat het rustiger werd.

Maar op een dag kwam er iemand van de gemeente en die zei dat het centrum dicht moest. Er was geen geld meer voor. Mam ging ertegenin. Ze zei dat dit centrum haar leven redde, omdat we in een hotel woonden waar geen ruimte was voor kleine kinderen.

Die man van de gemeente begon onzeker te stamelen, want mam kan best fel doen als ze wil. Hij beloofde dat hij Boris' naam boven aan de wachtlijst voor de peuterspeelzaal zou zetten.

'Daar heb ik wat aan,' zei mam. 'Tegen de tijd dat hij aan de beurt is, is hij eenentwintig.'

'Deze kleine meid hier is binnenkort oud genoeg voor de basisschool, niet?' Hij gaf Pippa een zacht tikje op de schouder.

Toen wendde hij zich tot mij.

O, o. Dit had ik aan moeten zien komen. Dan had ik kunnen vluchten.

'Waarom is dit meisje niet op school? Hm. Ik kan u helpen. We zullen haar meteen inschrijven op de basisschool. Ze kan maandag beginnen.'

En bedankt.

Dit was voor mij het allerleukste van mijn leven in Ei on rins. GEEN SCHOOL.

Ik wist dat Naomi en Bekkie en de meeste andere kinderen uit het hotel ook naar school gingen. Ik had gehoopt dat niemand zou merken dat ik niet ging. Ik hou niet van school. Nou ja, mijn eerste school was wel oké. De meester hield van lachen en we konden spelen met roze klei. We zongen vaak van die ouderwetse kinderliedjes. Ik kon heel hard en lang zingen.

Maar toen verhuisden we dus naar de moeder van Ep en ik moest naar een nieuwe school. Daar was alles anders. Alleen al omdat de kinderen anders praatten. Toen we terugkwamen en in de flat gingen wonen, kwam ik opnieuw op een andere school. Dat was het soort school waar kinderen elkaars hoofd in de wc duwen. Niet echt een fijne manier om je haar te wassen. Ik voerde geen moer uit op die school. Maar mijn laatste school, van daarna dus, die was niet zo slecht. We woonden in het fijne huis en waren bijna een gewone familie. Zelfs Ep mepte niet in die tijd. Nou ja, bijna niet.

Toch had ik het niet makkelijk op die laatste school. Ik moest allemaal toetsen doen en ik snapte veel dingen niet. Ze vonden me traag. Dat vond ik zelf ook. Dus kreeg ik allemaal extra lessen. Extra leesles, extra schrijfles en extra rekenles.

De kinderen lachten om me. Ik vind het leuk als ze lachen om mijn grapjes. Maar ik kan het niet uitstaan als ze om mij lachen.

Gelukkig had ik een geweldige remedial teacher, meneer Jansen. Iedereen noemde hem Jan, zelfs de kinderen. Hij gaf de bijlessen.

Jan was heel aardig. Als je iets niet kon, begon hij niet te schreeuwen. Als ik ook maar een klein dingetje goed deed, begon hij al te glimlachen. Dan stak hij zijn duim op en zei dat ik het heel goed deed.

Ik voelde me op m'n gemak bij hem en daardoor leerde ik veel meer. Na een tijdje liet Jan me opnieuw toetsen maken. En wat denk je? Ik was helemaal niet traag. Ik was INTELLIGENT.

Jan vroeg me van alles over mijn eerdere scholen. Hij zei dat het niet zo gek was dat ik weinig geleerd had. Dat kwam door al die veranderingen. Maar nu kon ik bijkomen, eerdere lessen inhalen, en over een tijdje zou ik bij de besten van de klas horen, in plaats van bij de trage leerlingen. Zo!

Maar toen raakte Ep dus zijn baan kwijt en moesten we ons huis uit en kwamen we in Pension de Prins terecht. Mijn school was opeens kilometers ver weg.

Maar toch. Als ik dan toch per se naar school moest, wilde ik naar die school. Ik wilde met Jan werken.

'Dat kan natuurlijk niet, Elsa,' zei mam. 'Dan moet je met twee bussen. En nog een heel eind lopen. We kunnen het niet betalen. En binnen een paar weken zouden je schoenen versleten zijn. Je gaat maar naar De Lijsterbes. Daar gaan de andere kinderen van het hotel toch ook naartoe?'

Behalve dat ze dus niet gingen. Naomi wel. En

de Aziatische kinderen ook. En nog een paar. Maar Bekkie en bijna alle jongens spijbelden elke dag.

Ik besloot dat ook te gaan doen. Zelf wist ik wel dat ik intelligent was, maar deze school zou me misschien weer van die stomme toetsen laten maken. Voor hetzelfde geld was ik ineens weer een trage leerling. En wie zei dat ze daar ook een Jan hadden?

Ik begon meer met Bekkie en de anderen op te trekken. Ik moest er wel wat voor doen, anders accepteerden ze me niet. Dus ik vertelde de ene na de andere mop.

Al snel kregen ze genoeg van mijn gewone repertoire. Ik deed mijn best om gekke woorden te verzinnen. Ik ben niet traag. Ik weet heel veel dingen, al zijn het niet het soort dingen die je op school leert. Cabaretiers moeten een repertoire hebben; daaruit kiezen ze de grappen als ze optreden. Om Bekkie en zijn Bende van Vijf te vermaken moest ik grove grappen maken. Vieze moppen vertellen. Vunzige verhaaltjes verzinnen. Je kent ze wel.

Het probleem was dat Pippa steeds om me heen hing. Ze hoorde de grappen ook. Elke keer zei ik tegen haar dat ze die grappen niet mocht herhalen. Op een dag vergat ze het. Ze vertelde er een aan Ep.

En wat denk je? MEP.

'Deze keer kon ik er niets aan doen,' zei Bekkie achteraf.

'Het was mijn schuld,' zei Pippa en ze begon hard te huilen.

'Je deed het niet expres,' zei ik tegen haar en ik gaf haar een knuffel. 'Niet huilen, liefie. Hij sloeg mij, niet jou.'

'Maar jij huilt nooit,' zei Pippa.

'Stoer,' zei Bekkie bewonderend.

'Zo ben ik. Stoer als cowboylaarzen,' zei ik, terwijl ik als een cowboy ging lopen.

En toen was het maandag en ging ik naar school, samen met Naomi. Zodra we aan het eind van de weg waren, kneep ik ertussenuit naar Bekkie en de Bende van Vijf.

'Hé, Elsa, ga je niet mee?' vroeg Naomi. Ze keek teleurgesteld. 'Ik dacht dat we vriendinnen waren. Waarom ga je met die jongens mee?'

'We zijn ook vriendinnen. Natuurlijk zijn we dat. Ik wil alleen niet naar die saaie oude school, dat is alles. Ik zie je na school, oké, net als anders. In de wc.'

'Maar het is geen saaie school, echt niet. Misschien kom je wel bij mij in de klas. Ik heb al met een ander meisje geruild, zodat je naast mij kan zitten.'

'O Naomi,' zei ik. Nu twijfelde ik. Ik voelde me schuldig. Maar ik wilde echt niet naar school. Ik wilde zelfs niet bij Naomi in de klas en naast haar zitten. Naomi was een boekenwurm, ze leek me echt een stuudje. Ik wist wel dat ik slim was, want Jan had het gezegd, maar ik had nog niet alle lessen ingehaald. Het zou weer lijken alsof ik traag was. Ik wilde niet dat Naomi dat zag.

Dus ging ik met Bekkie en de anderen mee. Ik spijbelde de hele dag, samen met hen.

Een tijdje ging dat goed. We bleven niet in de buurt van het hotel, want dan zouden we gesnapt kunnen worden. We gingen naar onze hut, die de jongens op een braakliggend stuk land hadden gebouwd. Het was niet echt een mooie hut. Een paar stukken golfplaat waren tegen elkaar gezet en daaroverheen lag een stuk blauw plastic, als dak.

Als we er met z'n allen in zaten, met onze knieën tegen elkaar, was het hutjemutje vol. Er was niets om op te zitten, we zaten gewoon op het koude zand.

'Nou, je kunt het toch wel wat gezelliger maken, Elsa?' zei Bekkie.

'Ja, fleur jij het een beetje op voor ons, Elsa,' zei een van de anderen.

'Waarom ik?' zei ik verontwaardigd.

'Jij bent een meisje. Toch?'

Ik snoof. Ik hield niet van dat soort onzin. Het leek wel of zij zich Peter Pan en de Verloren Jongens voelden en ik schattige Wendy moest zijn.

'Ik ben jullie werkezel niet,' zei ik. 'Hé, wat krijg je als je een zebra en een ezel kruist? Een brazel. En wat als je een varken en een zebra kruist? Gestreepte worstjes.'

Ik bleef grapjes op ze afvuren. Tenslotte was ik de grappenmaker van de groep. Dat hielp. Ze verwachtten niet meer van me dat ik voor eten zou zorgen of dat ik het statiegeld zou innen van de flesjes die ze opraapten.

Ze begonnen iemand anders te pesten, een kleine jongen met een snotneus, die niet veel ouder was dan Pippa. Hij werd erop uitgestuurd om zakken en spullen te zoeken waarop we konden zitten. Hij struikelde over een steen, viel allebei z'n knieën kapot en zijn snotneus werd nog langer. Ik veegde zijn neus af en vertelde hem grappen zodat hij weer ging lachen. Dat viel niet mee. Hij heette Simon en hij snapte niet zo veel.

Maar hij was een grappig jochie, dus ik nam het voor hem op als de jongens alle zogenaamde kussens bezetten en hij rond moest om een plekje te vinden. En wanneer Bekkie een pakje sigaretten rond liet gaan, zorgde ik ervoor dat Simon er geen nam.

'Jij hoeft dat gedoe met die sigaretten niet, jochie, dan groei je niet meer,' zei ik dan streng, en ik gaf hem een toffee.

Zelf sloeg ik de sigaretten van Bekkie ook af. Ik vond ze vies smaken en ik werd er duizelig van. Bovendien zag ik mam elke ochtend kuchen en rochelen. Maar zelfs zonder dat Simon en ik meededen aan de sigarettensessies, werd het zo rokerig in de hut dat mijn hoofd ervan ging draaien.

Het was bijna een opluchting dat het blauwe plastic op een keer zomaar van de hut afgerukt werd. Alleen keken we toen in de ogen van een andere groep jongens die ook altijd spijbelden. Ze gooiden een hoop troep en zand over ons heen, terwijl we daar nog zaten, en renden schreeuwend en lachend weg.

Dus toen begonnen Bekkie en de Bende van Vijf rook te spuwen in plaats van te inhaleren, dat

begrijp je. Ze stampten over het terrein op zoek naar wraak. Ik stampte een beetje mee, maar ik vond het allemaal nogal belachelijk. Er was een soort oorlog ontstaan tussen de twee groepen. Ze gooiden stenen naar elkaar. Simon deed enthousiast mee en weigerde buiten bereik van de stenen te blijven, dus hij kreeg er een tegen zijn hoofd.

Het was maar een kleine steen en het ging niet zo hard, maar hij werd bang en begon te schreeuwen. De jongens joelden naar hem, al schaamden sommigen zich wel een beetje. Ik rende naar hem toe terwijl ik een ambulance nadeed: 'Taaadiiie, taaadiiie, taaadiiie.' Ik maakte een heel ritueel van het onderzoeken van zijn hoofd. Ik deed alsof zijn hele hoofd er praktisch af was en hij een zware operatie nodig had.

Eerst geloofde Simon me ook nog. Hij ging nog harder huilen. Toen hij doorhad dat het een grap was, begon hij het leuk te vinden om in het middelpunt van de belangstelling te staan, als een oorlogsveteraan.

De oorlog leek alweer over te zijn. Onze tegenstanders liepen het terrein af richting het winkeltje, want het was tijd voor het middageten. Voor ons was dat het sein om ervandoor te gaan. Niemand van ons had boterhammen bij zich. We hadden ook geen geld meer. Als uitkeringskinderen hadden we recht op een lunch op school. Maar we kregen een bon mee, geen geld. Aangezien we niet op school zaten, waren we blut. Ik wilde dat ik niet zo gul was geweest met m'n toffees.

Een van de jongens vond een halve Mars die hij was vergeten onder in de zak van zijn jack. De wikkel was al een beetje vergaan. In de chocola stonden kleine verstofte tandafdrukken. Nadat hij iedereen ervan had laten eten, zat het ook nog vol met jongensslijm. Maar het was eetbaar, dus nam ik een hapje.

De hele middag hield ik een rammelende maag en ik verveelde me toch wel tijdens het spijbelen.

Ik hield de tijd goed in de gaten, zodat ik op tijd in het hotel zou zijn, alsof ik net uit school kwam. Als je steeds op de tijd let, gaat hij h-e-e-l l-a-n-g-z-a-a-m. Ik had het gevoel dat er een halve eeuw voorbij was, maar het was maar een halfuur.

E-i-n-d-e-l-ij-k was het tijd om naar het hotel te gaan. En toen ontdekte ik dat ik mijn tijd verpest had. Mam had besloten om me van school op te halen, samen met Boris en Pippa. Ze was benieuwd hoe ik het had gehad op mijn eerste schooldag. Natuurlijk zag ze me niet naar buiten komen, dus ging ze naar binnen om me te zoeken. En toen zei de leraar dat ik nooit aangekomen was.

Mam was KWAAAAAAAD.

Ep kreeg het ook te horen. Je kan wel raden hoe hij reageerde.

Daarna stormde ik de kamer uit, de trappen af. Weg. In m'n eentje. Ik ging ergens tegen een muur zitten. Ik had pijn waar Ep me geraakt had en mijn maag rammelde ook nog steeds. Ik had het helemaal gehad. Maar ik huilde niet.

Opeens hoorde ik voetstappen. Het klikklakken van hoge hakken. Het was mam die me was komen zoeken. Eerst dacht ik dat ze nog steeds kwaad was, maar ze hurkte naast me. Haar strakke broek knapte bijna. Ze sloeg haar armen om me heen. Toen moest ik toch een beetje huilen.

'Het spijt me, m'n leeuwinnetje.' Ze stak haar neus in mijn wilde leeuwenmanen. 'Ik weet dat hij je soms te hard aanpakt. En dat komt omdat je niet doet wat je gezegd is. Je moet naar school, Elsa.'

'Het is niet eerlijk. Ik wil niet naar een rottige, oude school waar ik niemand ken.'

'Je kent die aardige Naomi toch? Ze is je vriendin! Elsa toch, je bent nooit verlegen. Jij!' Mam lachte en kneep zachtjes in mijn neus.

'De anderen spijbelen altijd. De jongens.'

'Die jongens vind ik niet belangrijk. Jou wel. Jij bent mijn dochter. Luister. Je wil niet naar school. Van mij hoef je er niet per se naartoe. Ik vind het fijn als je in het hotel bent. Jij houdt de kinderen rustig. Ik heb je vreselijk gemist vandaag.'

'Echt?' vroeg ik, opeens een stuk vrolijker.

'Ja. Maar luister. Je moet naar school. Dat

moet van de wet, begrijp je. Als jij niet gaat, kunnen ze zeggen dat ik niet goed voor je zorg. Je
weet dat ze altijd op ons letten. Ik wil ze geen
reden geven om jou bij me weg te halen en in de
jeugdzorg te plaatsen.'

Nu had ze me.

Dus de volgende morgen moest ik wel.

Alle kinderen vertrokken tegelijk – en aan het
eind van de straat riepen Bekkie en de Bende van
Vijf me.

'Kom je, Elsa?'

'Ga je mee?'

'We gaan naar de hut.'

Kleine Simon rende naar me toe en pakte mijn
hand. Hij vroeg of ik meeging en ambulance met
hem wilde spelen. Zijn gezicht betrok toen ik nee
zei. Ik gaf hem een handvol dropsleutels en liet
hem zien hoe je je tong door het gat kunt steken.
Daar werd hij weer een beetje vrolijk van.

'Elsa, kom nou,' zei Bekkie. 'Je gaat toch niet
met die kippetjes mee?'

'Hé, weet je waarom de eenogige kip de straat
overstak? Hij zag een winkelbordje: vogelkijkers
te koop.'

'Wat een flauw grapje,' vond Bekkie.

We daagden elkaar uit.

'Kom op. Je hebt best wel humor... voor een meisje,' zei Bekkie.

'Jij bent best slim... voor een jongen,' antwoordde ik. Ik zwaaide naar hem en ging naast Naomi lopen.

'Is dat je vriendje?' vroeg ze.

'Zeg! Ik ben hier degene die de grapjes maakt,' zei ik. 'Hij!' Ik snoof.

'Toch moet je de hele tijd naar hem kijken,' zei Naomi. 'Nog even en jullie gaan stiekem naar kamer 110.'

'Naomi!' Ik gaf haar een duw en ze duwde terug en we giechelden.

De directeur en de grote roze mevrouw mochten kamer 110 niet meer verhuren. Dat had de inspecteur gezegd. Het was er zo vochtig dat het behang er half af hing. Een van de grote kinderen had de sleutel gepikt en soms gingen ze met z'n tweeën de lege kamer in. Steeds een jongen en een meisje. Die vonden het zeker niet zo erg dat het er vochtig was.

Mij zou je nergens alleen met Bekkie tegenkomen. Al helemaal niet in kamer 110.

Naomi en ik liepen te lachen. Maar toen kwam de school dichterbij en ik zei steeds minder.

'Kom op, Elsa. Het is er best leuk, echt. Weet je geen schoolgrap?'

Ik slikte. Mijn mond was heel droog. Ik was zomaar opeens niet in een grappige bui. Maar ja, een cabaretière moet altijd grappig zijn, hoe ze zich ook voelt.

'Oké. Deze gaat over een leraar. Hij geeft aardrijkskunde. Hij vraagt aan de leerlingen waar de bergen liggen. Waar ligt de Andes, vraagt hij. Zegt een jongetje slim: Tegenover Dezelfden.'

Ik voelde me heel erg anders.

Pizzagrappen en frietmoppen

Mijn voorgevoel was terecht. Ik vond er niks aan op de nieuwe school. Ik mocht niet bij Naomi zitten. Ze plaatsten me in een speciale klas en dat was behoorlijk vernederend. Ze zeiden dat het maar voor even was, om te zien hoe het zou gaan.

Hmm. Als het goed zou gaan, prima. Maar wat als dat niet zo was? Waar zouden ze je heen sturen als je zelfs te traag was voor de speciale klas? Terug naar de kleuters?

Ik vond de leerkracht van deze klas niet leuk. Ik wilde een leuke jonge meester zoals Jan. Waarschijnlijk was juf Visser een vrouw, maar dan wel een met een snor. Ze had ook een harde stem, die dwars door je heen ging.

Die eerste les vormden haar dunne lippen een

glimlach voor me. Op een suikerzoete toon zei ze dat ze het heel leuk vond dat ik er was. En o, wat een mooie naam was dat, Elsa. En kijk, dit was mijn schriftje. Zag ik wel wat een mooi potlood met een scherpe punt ze me gaf? En als ik nou eens hier helemaal vooraan ging zitten, dan kon ze me goed zien. Ik moest een verhaaltje over mezelf schrijven.

Ze deed net alsof ze heel geïnteresseerd was, maar mij hield ze niet voor de gek. In de pauze nam ze ons mee naar buiten. Op het schoolplein praatte ze met een andere leraar. Die zag me rondrennen en spelen en vroeg juf Visser wie ik was. Juf Visser zei niet eens mijn naam. Ze zei alleen maar: 'O, dat is een van de *hotelkinderen*.'

Ik ben niet eens een *zij*. Ik ben een *dat*, een *het*. Een soort van saaie onzijdige blurb, die niet eens een naam heeft.

Elsa de Blurb. Hé, dat is eigenlijk wel een leuk idee. Ik ben het supergrote reuzenmonster Blurb en ik waggel rond om mensen te pletten. Ep staat boven aan mijn Pletten Top-10, en meteen daarna komt juf Visser.

Ik maakte een kort verhaaltje over mezelf. Ik schreef dat mijn echte naam Elsarina is en dat ik een kindster ben – actrice, zangeres en cabaretière. Ik vermeldde dat ik in veel reclamespots optreed en dat ik pantomime kan en meedoe aan talloze musicals. Dat ik op dit moment toevallig straalde in de rondreizende musical *Annie* – met mij in de hoofdrol natuurlijk. Ik schreef dat mijn moeder en de rest van ons gezin ook in de showbizz zitten. We vormen samen een artiestengezelschap. Dat was de reden dat we in een hotel woonden. We reisden rond en gaven overal shows.

Ik bracht het verhaal bloedserieus. Juf Visser las het en lachte een van haar nepglimlachjes.

'Dat is me een verhaal, meisje,' zei ze. 'Wel een zwaar geromantiseerd verhaal, ben ik bang.'

De andere kinderen giebelden, hoewel ze niet wisten wat de juf bedoelde. Ze gaf me mijn verhaal terug. Onder al mijn schrijffouten had ze rode streepjes gezet. Op het papier zat nu meer rode inkt dan potlood.

Ik liet me niet op m'n kop zitten. Als ik een trage leerling was, dan moesten sommige andere kinderen wel helemaal slakken zijn.

Dus ik probeerde mijn Elsarina-verhaal op hen uit. Ze waren zwaar onder de indruk, zelfs een paar stoere jongens. Ik gaf op het schoolplein een snelle show van grappen en mopjes. Sommigen lachten. Daarna trakteerde ik ze op een stuk solozang uit Annie: 'Het regent vandaag, maar morgen, heeft de zon de regen opgeborgen...' Mijn stem schalde over het plein. Een paar kinderen renden weg met hun handen op hun oren. Degenen die bleven staan leken mijn optreden mooi te vinden.

Op dat moment vond ik de school zo slecht nog niet. Ik had een groepje fans die graag wilden geloven wat ik ze vertelde. Ik liet me zelf meeslepen in mijn fantasie over mijn moeder. Ze was een heel knappe actrice die ook kon zingen en een eigen cabaretshow had...

Vaak genoeg keek ik vanaf een afstandje naar mezelf en hoorde ik mijn stem. Ik zag heus wel dat ik probeerde vrienden te maken met leugens. Nou ja, het waren niet allemaal leugens. Mam was echt heel knap voordat ze Ep ontmoette. Ze had een heel mooi figuur, totdat ze meer kinderen kreeg. Tegenwoordig had ze wat rimpeltjes in haar gezicht, maar dat kwam door de zorgen.

Mam was nog steeds heel mooi als ze haar haar had gedaan en een beetje make-up op had. Ze hield echt van zingen en dansen. Vroeger zong ze alle liedjes van de radio mee met haar vrolijke heldere stem. En als ze danste, wiegde ze met haar heupen en knipte met haar vingers. Dus mam kon echt zingen en dansen. Als ze vroeger de kans had gehad, weet ik zeker dat ze een echte ster was geworden...

Maar goed. In de lunchpauze hield ik mijn mond, want dan zag ik Naomi. Het was geweldig om een beste vriendin te hebben met wie ik samen over het schoolplein liep.

Ook de maaltijden waren niet zo erg. Ze deden in niks denken aan de superlunches die ik thuis met Pippa had, maar je kon wel zelf kiezen. Ik nam meestal pizza en frietjes. Ik maakte de hele tafel aan het lachen met een serie pizzagrappen die niet geschikt zijn om hier te vertellen. Zelfs mijn domme oude frietmop ging er ongezouten in.

'Hé, jongens, het is heet en vet romantisch... Frietjes die je 's nachts eet.'

De middagen waren minder leuk. We moesten in groepjes van die suffe weeg- en meetopdrachten doen. 'n Makkie, vond ik. Alleen had ik geen idee hoe je de uitkomsten moest opschrijven en dat gaf ik natuurlijk niet toe. Dus ik schreef maar wat op. Natuurlijk moest juf Visser haar lange neus weer in mijn schrift steken. Toen ze mijn berekeningen zag, zette ze er een vette rode streep doorheen. Meteen zag iedereen dat ik alles fout had.

Ze ging bij me zitten en probeerde me uit te leggen hoe het moest. Ik voelde me zo stom tegenover de anderen dat het me niet lukte om haar te volgen. Ze begon van voren af aan en praatte h-e-e-l l-a-n-g-z-a-a-m. Ze liet duidelijk merken dat ze me een achterlijk kind vond.

De andere kinderen begonnen te giechelen. Toen juf Visser uit het zicht was, moest ik hard werken om het respect terug te winnen. Ik vertelde over mijn artiestenkleding en over Pippa. Ik veranderde haar in een kindsterretje dat door iedereen aanbeden werd. Ze had mollige wangen en een grote bos krullen. Hoewel ze nog niet naar school ging, kon ze al zingen en dansen als een echte artieste.

Over Pippa overdreef ik ontzettend, want zelfs mam en Ep gaven toe dat Pippa een heel gewoon kind was. Alsof mijn arme zusje dat kon helpen met Ep als vader! Mam had wel eens geprobeerd om krullen te zetten in Pippa's haar toen ze naar een feestje moest. Maar het zag eruit alsof het ontploft was.

Zelfs klein en schattig kun je Pippa niet noemen. Ze is half zo oud als ik, maar al bijna net zo groot. En wat zingen en dansen betreft, nou ja... Pippa kan geen liedje onthouden; de woorden niet en de melodie nog minder. De enige dans die ik haar wel eens zie doen is de botsdans. Ze botst steeds tegen je aan – niet eens expres!

Maar ik maakte een wonderkind van haar. De kinderen in mijn klas waren helemaal vertederd.

Ze wilden allemaal mee naar de show om deze briljante peuter en die glamourmama te zien.

'Het spijt me, jongens,' zei ik rustig glimlachend, maar met een bonkend hart. 'We zijn al weken uitverkocht, zo populair is de show.'

Daar waren ze even stil van. Ik begon ondertussen verder te denken aan wat er straks zou gebeuren na schooltijd. Mam had me gisteren willen ophalen van school. Stel je voor dat ze dat vandaag weer deed. Stel je voor dat ze haar oudste T-shirt en haar legging droeg en haar haar niet gedaan had. Dan zag iedereen meteen dat ik maar wat verzon.

Maar misschien kon ik ze ervan overtuigen dat mam repeteerde voor een nieuwe rol in een realistisch drama. Ze speelde een jonge moeder die aan lagerwal was geraakt door de slechte sociale politiek in ons land. Dat was te doen. Maar Pippa zou er ook bij zijn.

Wat zou ik geholpen zijn als ons hele gezin me kwam halen, in de juiste kleren. Dan zou ik vertellen dat Ep helemaal in topconditie was voor een nieuwe verfilming van *King Kong*. Daar zou niemand aan twijfelen.

Toen de bel ging, schoot ik als eerste de school uit. Het was een grote opluchting dat mam er niet stond. Tegelijk was ik een beetje teleurgesteld, want ze had gezegd dat ze zou komen.

In het hotel was ze ook niet. Niemand was er. Ik kon niet in onze kamer komen, want die zat op slot en ik had geen sleutel. Dus hing ik wat rond op de gangen. Het duurde eeuwen. Naomi kwam langslopen, maar ze deed knorrig omdat ik niet op haar had gewacht na school. Ze kon niet met me spelen, want ze moest haar moeder helpen met haar broertjes.

Bekkie was er ook. Hij was boos op me. Toen mijn moeder de dag ervoor op school naar mij had gevraagd, had iemand van school de inschrijflijsten doorgenomen. Toen was gebleken dat ook Bekkie en de Bende van Vijf en nog wat kinderen nooit kwamen opdagen. En nu moesten zij ook naar school, of anders...

'Of anders hebben jullie een groot probleem. En nu heeft Elsa een nog groter probleem omdat ze jullie in de problemen heeft geholpen,' zei ik en ik trok een grappig gezicht tegen Bekkie.

Hij deed niet grappig terug. Hij schold me voor van alles uit. Zelfs het vieze woord op de muur, dat ik nog voor hem verbeterd had, noemde hij.

Ik slenterde weg en deed net of het me niks

kon schelen. Ik voelde me vriendeloos, bestaat dat woord? Nu wel. Bovendien maakte ik me vreselijk zorgen dat ik ook gezinsloos zou worden.

Waarom waren ze ertussenuit gegaan zonder mij te zeggen waar naartoe? Wat als ze genoeg van me hadden en mij achterlieten? Ik wist heus wel dat Ep me niet moest. Hij zou er als een speer vandoor gaan met Pippa en Boris, want dat waren zijn kinderen en daar hield hij wel van. Maar mam zou toch niet van me weglopen?

Ik dacht aan die morgen. Het was weer eens flink mis geweest. Er zat iets fout in de afvoer en daardoor kwam het vieze water van andere mensen in onze wastafel naar boven. Mam was in tranen uitgebarsten. Ze kon geen dag langer in die verrotte zooi blijven. Dus misschien... misschien was zij toch weg.

Plotseling leek het plafond heel hoog. Ik had het gevoel dat ik kleiner en kleiner werd, tot ik ongeveer zo groot was als een kuikentje. Ik ging op de vloer zitten, trok mijn knieën omhoog en legde mijn hoofd erop. Ik hield mezelf goed vast, om niet helemaal te verdwijnen.

'Elsa! Wat doe je in vredesnaam? Wat is er met je?' zei mam, die de gang in kwam lopen. Ja, het was mam, en ik was ontzettend blij dat ik haar zag, ook al klonk ze boos. En ik werd nog blijer toen ik Pippa zag, ook al liep ze te snikken en kwam er snot uit haar neus. En ik was ook blij om Boris te zien, ook al huilde hij alsof zijn leven ervan afhing en moest zijn broek verschoond worden. En ik was... Nee. Ik was niet blij om Ep te zien. Zo ver zou ik nooit kunnen gaan.

'Waar waren jullie? Ik ben al eeuwen terug van school!'

'Ja, sorry, liefje, het is niet onze schuld. We hadden een aanvaring met die miezerige directeur vanmorgen. We kunnen wel allemaal tyfus en cholera krijgen in dit rothotel. Maar die strakgestrikte aap wil niet eens een loodgieter bellen om de boel te repareren. Dat is toch niet te geloven! En toen zei hij dat we beter konden vertrekken als we het niet fijn vonden. Dus ik zei dat we dat zouden doen zodra we een andere plek hadden. Wij naar de woningdienst met z'n allen en wat denk je? De hele dag hebben ze ons laten wachten. En toen bleek dat ze niet eens van plan waren ons te helpen, omdat we niet zo'n stomme afspraak met ze hadden. Maar we hebben het doorstaan. Ik wist dat je zat te wachten, liefie, maar ik kon er ook niks aan doen, toch?'

'En nu, mam? Krijgen we een huis?'

'Ben je gek,' zei mam. 'Ze mompelden iets over voorrang en uitzonderlijke omstandigheden. Als die zooi hier slecht was voor onze gezondheid, moesten we maar een officiële klacht indienen. Een schriftelijke klacht moest dat zijn, met medische rapporten erbij. En al zouden we op sterven na dood zijn, dan nog konden ze ons geen huis beloven. Of zelfs maar een schimmelige flat, zoals we eerder hadden.'

'Dus vroeg ik hoe we dan wel een huis konden krijgen – hoe ernstig moet de ziekte zijn die jullie onder de leden hebben?' zei Ep. 'Het wordt gevaarlijk. Kijk naar m'n kleine Pippa, met haar snotneus. Ze komt maar niet van die griep af. En de baby, ach ach, ik maak me zorgen om het geluid in zijn borst.'

Ep boog zich naar Boris, die nog steeds zijn longen aan het uittesten was. Die leken mij in elk geval helemaal in orde.

'Ja, Ep werd echt lastig,' ging mam verder. 'Nou ja, ik ook, vooral toen ze zeiden dat ze niets konden beloven. Zelfs geen schone kamers in dit akelige pension, waar we toch recht op hebben. We zitten op elkaar als sardines in een blikje. Maar ze zeiden dat ze op dit moment niks konden doen. Op het laatst dreigden ze zelfs de politie te bellen als we niet weggingen.'

In een dramatisch gebaar zwaaide mam haar hand tegen haar voorhoofd. Ze mocht dan geen beroemde actrice zijn, ze had beslist een goede voorstelling gegeven bij de woningdienst. Ze dreigde nog dat ze de volgende dag terug zou gaan. Als ze maar volhield, dan zouden we vanzelf een ander huis krijgen, dacht ze.

'Ja, goed bedacht, mam,' zei ik. Ik moedigde haar aan. Als ze me de volgende dag weer niet van school kwam halen, was dat beter voor mijn geloofwaardigheid.

Maar daarover had ik me helemaal geen zorgen hoeven te maken. Iemand anders vertelde vervelende verhalen over mij de volgende dag. Iemand met een grappig gezicht. En een heel grote mond.

Bekkie was ook in de speciale klas gezet. Hij moest naast me zitten in de voorste bank, onder de uitpuilende ogen van juf Visser. Ze deed me denken aan de 101 Popeye de zeeman-grappen – je weet toch dat Pop-eye Puil-oog betekent? Ik deelde er een paar met Bekkie en we moesten allebei snuivend lachen. De ogen van juf Visser puilden zo ver uit dat ze bijna over haar wangen rolden. Ze perste haar mond zo stijf dicht dat haar lippen niet meer te zien waren.

'Ik ben blij dat jullie het amusant vinden op school,' zei ze sarcastisch. 'Misschien zou je je kleine grapjes met ons willen delen?'

Misschien niet. Als ze de grove grapjes van Popeye hoorde, zou ze in haar geheel uit gaan puilen, dacht ik.

Dus tot de pauze ging het heel goed tussen Bekkie en mij. En toen ging het mis. Een kind uit onze klas vroeg of Bekkie ook een artiest was.

'Een wat?' vroeg Bekkie.

'Ben jij ook een kindster, net als Elsarina en Pippette?' Het kind vertelde over het grote talent van mij en mijn familie.

Bekkie viel om van het lachen. Hij dacht natuurlijk dat het gewoon weer een grapje van mij was.

'Jullie zijn niet goed wijs,' zei hij. 'Dus jullie geloven al die onzin? Elsa een beroemde ster! Ze is gewoon een hotelkind, net als ik. Je zou haar moeder en haar zusje eens moeten zien – sterren!'

Dat was genoeg. Bekkie kreeg een hele hoop sterren te zien. Ik had hem recht op zijn neus getimmerd.

De kinderen begonnen te roepen: 'Ruzie! Ruzie! Ruzie!'

Ik was er helemaal klaar voor, hoewel ik normaal eigenlijk altijd aardig blijf. Ook Bekkie moest wel vechten, omdat ik hem een bloedneus had geslagen. Maar we hadden elkaar nog niet beetgepakt of juf Visser vloog op ons af. Ze pakte Bekkie z'n nek met haar ene hand en de mijne met haar andere. Woest schudde ze ons door elkaar, zodat onze hoofden bijna tegen elkaar aan bonkten. Ze zei dat we ruwe, stoute kinderen waren. We moesten leren om geen geweld te gebruiken op school.

En toen, terwijl ze wegliep, zei ze een woord. Nou ja, ze mompelde, maar ik verstond het. En Bekkie ook. Ze zei: 'Typisch.' Ze bedoelde dat wij typisch van die hotelkinderen waren, die eigenlijk altijd dit soort onaangepast gedrag vertoonden. En plotseling werd ik misselijk. Ik had de neiging om mijn ontbijt uit te kotsen en ik wilde naar bed.

Bekkie zag er ook niet prettig uit. Hij veegde het opgedroogde bloed van zijn gezicht en trok een dreigend gezicht naar de rug van juf Visser. Hij draaide met zijn ogen en wiebelde met zijn tong.

Ik giechelde. 'Waarom keek de juf scheel? Omdat ze dicht bij haar leerlingen wilde staan.'

Het was geen leuke grap, maar Bekkie reageerde vriendelijk.

'Ons krijgt ze niet, Elsa.'

'Zeker weten.'

Zijn neus bloedde nog steeds. Ik voelde in mijn zak en haalde een verfrommeld zakdoekje tevoorschijn.

'Hier,' zei ik, terwijl ik zijn gezicht depte.

'Schei uit! Je lijkt m'n moeder wel,' zei Bekkie.

'Sorry dat ik je sloeg,' zei ik.

'Ja, nou, als die ouwe trut zich er niet mee bemoeid had, zou ik jou terug hebben gepakt, weet je. Zelfs jou. Hoewel je hard kunt slaan – voor een meisje.'

'Als je zo begint, sla ik de volgende keer nog harder,' zei ik terwijl ik zijn neus depte. 'We zijn nog steeds vrienden, toch?'

'Tuurlijk zijn we dat. Maar waarom viel je me nou eigenlijk aan?'

'Om wat jij over mijn moeder en mijn zusje zei.'

'Maar jij was degene die liep te liegen, niet ik! Waarom verzin je dan al die rare verhalen over ze? Die slaan nergens op. Alsof jullie ooit in de showbusiness terecht zouden komen.'

'Dat kan best!' zei ik fel. 'Nou ja, misschien m'n moeder niet. Of Pippa. Maar ik kom in de showbizz en dan word ik beroemd. Wacht maar. Ik word het grappigste meisje van het land, met mijn eigen show op televisie. Let maar goed op. Voordat je het weet, is het zover.'

Dat gebeurde inderdaad sneller dan ik zelf had gedacht. Want toen Bekkie en ik uit school naar huis liepen, was er een camerateam in de hal van het hotel!

Televisie en geen eten

'Wat gebeurt hier nou weer?' zei Bekkie. 'Hé, is dit voor de tv? Komen we op tv?'

Hij trok een grappig gezicht naar de camera en zwaaide met beide armen.

Ik schaamde me een beetje voor hem. Ik wilde niet als een of andere mafkees overkomen. Eerst bekeek ik rustig alle mensen. Mijn oog viel op een man met een heel strakke spijkerbroek en een leren jasje. Dat moest de regisseur zijn. Ik liep recht op hem af en glimlachte.

'Hallo! Ik ben Elsa. Ik woon hier en later als ik groot ben, word ik cabaretière. Om precies te zijn, ik héb eigenlijk al een heel komische show uitgewerkt. Zal ik wat laten zien?'

De ogen van de regisseur knipperden achter zijn hippe bril, maar hij leek geïnteresseerd.

'Dus jij woont hier, Elsa? Mooi, mooi. We

maken een programma dat heet *Kinderen in Crisis*, oké? Zullen we een interviewtje doen met jou en je vriendje hier? Dan kun je ons vertellen hoe verschrikkelijk het is om in een pension te wonen, oké?'

'Geen sprake van!' De grote mevrouw kwam zelfs van achter de balie op ons af gerend. Ze droeg weer zo'n pluizige roze trui. Zelfs die van de telefoon had haar boek opzij gegooid en kwam opgewonden uit het glazen kantoortje gesneld.

'Haal de directeur, snel!' commandeerde de grote mevrouw en ze maakte een gebaar tegen haar.

'Luistert u eens even, televisiemensen. U pleegt hotelvredebreuk. Gaat u onmiddellijk naar buiten of ik bel de politie en ik klaag u aan.'

'Ik kan elke mop vertellen die u wilt. We doen een politiemop, goed? Wat zei de politieagent tegen de man met de drie hoofden? Hallo. Hallo. Hallo. Waar woont de politieagent? Handenomhoogstraat 112. Wat is het telefoonnummer van de politiehond? Wrelf! Wrelf! Wrelf!'

'Heel grappig, meisje,' zei de regisseur zonder te lachen. 'Nou, als de camera aangaat, mag je wat vertellen over de kleine, volle kamer waar jullie met z'n allen wonen. Het is zeker heel vochtig, niet? En er zullen wel beestjes in de douche lopen, zeker. Vertel het allemaal maar.'

'Hoe durft u! Dit is een keurig, brandschoon etablissement. Er zijn hier geen beestjes of wat dan ook.' De roze mevrouw spuugde de woorden uit, er kwamen spuugbelletjes op haar zachte trui.

'Beestjes? Ik ken een goede beestjesgrap. In de kamer zijn een vlieg en een kever. De vlieg vliegt en de kever loopt over de vloer. Hoe laat vliegt de vlieg over de kever? Vier over zever!' Ik lachte hard, zodat hij begreep dat dit de clou was.

'Hm, tja. Nou even rustig, meisje. Kun je een beetje verdrietig in de camera kijken? En jij, jongen, denk je dat je vijf seconden gewoon kunt doen, zonder gezichten te trekken?'

'Tuurlijk kan ik verdrietig kijken. Dat heb ik als cabaretière allemaal in mijn repertoire. Kijk, zo... Is dat verdrietig genoeg?'

'Nou nee, zo erg hoeft ook weer niet. Een beetje minder is beter.'

'Hé, ik weet ook een leuk liedje: *Weet je wát ik zie als ík gedronken héb? – tátata – Allemaal beestjes – ta ta taaa – zo veel beestjes. Om me heen...*' Ik lachte, maar daardoor keek ik natuurlijk weer té vrolijk.

Opeens kwam de directeur van het hotel tussenbeide. Hij begon te schreeuwen en te schelden. De cameramensen probeerden hem te filmen, maar hij deed zijn hand voor de lens. Ik zag mijn Grote Kans om op televisie te komen voorbijgaan.

'Bel de politie! Nu meteen!' riep de directeur.

'Ik weet nog wel een paar politiemoppen,' zei ik, maar niemand reageerde.

'Hoe komt u hier terecht? Heeft iemand u gebeld? Wie heeft u binnengelaten? Heeft er iemand geklaagd? Wie dan? Zeg het maar. Niemand hoeft hier tegen zijn zin te wonen,' zei de directeur. Hij zwaaide wild met zijn armen en raakte bijna mijn hoofd. Ik dook.

'Jouw vader en moeder, hè meisje, die waren het natuurlijk!'

'Hij is mijn vader niet!'

'Die grote Schot, die met dat enorme postuur, die hier een beetje kwam klagen over de afvoer van zijn wastafel.'

'Hoe lok je hongerige dieren? Met een afvoertafel,' zei ik, maar ik had geen publiek meer.

De politie kwam binnen en zorgde voor nog veel meer gedoe. De cameramensen kregen geen tijd om hun spullen in te pakken en werden met camera's en snoeren en al door de draaideur geduwd. De directeur bleef schreeuwen en schelden op mij en mijn ouders. We moesten maar heel snel onze spullen pakken en maken dat we wegkwamen, zei hij.

Op dat moment voelde ik me heel erg een Kind in Crisis. Wanhopig rende ik achter de cameramensen aan. Als ik toch nog één kans zou krijgen om op televisie te komen!

'Hé, niet weggaan, niet inpakken!' schreeuwde ik, terwijl zij hun materiaal in een bestelbus zetten. 'Kunnen we geen interview voor het hotel houden? Ik zal een beetje verdrietig kijken, maar niet te veel. Ik kan ook huilen als u wilt. Kijk, ik kan mijn gezicht helemaal gerimpeld maken – of weet u wat, ik zal mijn kleine zusje en broertje erbij halen. Die kunnen geweldig goed huilen...'

'Sorry meiske, maar het hoeft niet meer,' zei de regisseur. 'Ik wil geen gelazer aan m'n broek. En bovendien, jij bent een leuk grietje, maar niet het soort kind dat ik zoek. Ik heb iemand nodig...' Hij wuifde wat door de lucht. Het leek of hij het goede woord niet kon vinden. Plotseling bewoog hij even niet meer.

'Daar!' zei hij. 'Iemand als dat kind daar.' Hij knipte met zijn vingers, alsof hij een ober riep.

Ik keek rond wie zijn favoriete kind was. Weet

je wie hij bedoelde? Naomi. Ze had aan elke hand een broertje vast. Ze keek alsof ze er helemaal genoeg van had. Ik begreep wel waarom. Opnieuw was ik van school weggerend zonder op haar te wachten.

'Hallo daar, meisje, kom eens!' De regisseur stond als een gek naar haar te zwaaien. 'Waar kom jij nou weer vandaan? Je woont niet toevallig in het hotel, zeker?'

Naomi knikte zenuwachtig, en trok haar broertjes tegen zich aan.

'Geweldig!' Hij gooide zijn hoofd in zijn nek en stak zijn armen in de lucht. 'Een cadeautje!'

'We willen geen cadeautje. Wij nemen niks aan van vreemde mensen,' zei Naomi en ze probeerde haar broertjes mee te trekken. Dat ging een beetje te hard, want Neil struikelde en begon te huilen.

'Hé, hou eens op, kleine schreeuwlelijk,' zei Bekkie. 'Je komt op tv. Mag ik er ook op, meneer?'

'En ik?' smeekte ik.

'Nou ja, je mag wel langslopen op de achtergrond,' zei de regisseur. 'Maar niet de clown uithangen. Geen gekke gezichten. En al helemaal geen moppen.'

Op dat moment had ik ook absoluut geen zin

om wat voor grap dan ook te vertellen. Naomi werd de ster van het televisieprogramma. Ik was degene die de hele tijd had geoefend en inmiddels heel goed was geworden, niet zij. Al zou een mop haar leven kunnen redden, dan nog kon Naomi hem niet verzinnen. Kleine, brave, muizige Naomi!

Oké, dacht ik. Misschien even een klein mopje bedenken om mezelf op te vrolijken. Dus ik fluisterde er een heel zachtjes, zodat alleen ik 'm hoorde. 'Wat krijg je als je een olifant en een muis kruist? Hele grote voetstappen bij het muizengat!'

Ik kon er niks aan doen dat ik moest lachen. En dat gaat nou eenmaal niet zachtjes. De regisseur keek geërgerd naar me.

'O lieve god, die kinderen zijn helemaal dol! Ik wil geen sentiment, ik wil geen gelach en ik wil GEEN GRAPPEN.'

'Oké, oké, geen grappen,' zei ik en ik drukte met mijn vingers mijn lippen op elkaar, om te laten zien dat ik het meende. Maar het was wel heel jammer. De muis- en olifantmop had een hele kudde olifantengrappen losgemaakt in mijn hoofd. Ze trompetterden zich een weg naar buiten.

'Ik kan geen moppen vertellen,' zei Naomi

eerlijk. 'Ik kan ook niet dansen of zingen of zoiets. Dus u kunt beter Elsa vragen.'

'O Naomi,' zei ik ontroerd. 'Je bent misschien niet zo'n showtype, maar jij bent slim. Je zou zo in een quiz kunnen.'

'Niks quiz. Deze kleine meid is perfect voor *Kinderen in Crisis*. Nou, ga eens even hier staan, meiske – je kleine broertjes ook. Zo. Ik ga je een paar vragen stellen terwijl de camera loopt, goed?'

'Nee, wacht! Neil, kom eens, laat me je neus even afvegen. Hou op met dat gesnotter, ja,' zei Naomi streng. 'En jij, Nicky, trek je sokken eens op.'

'Nee nee! We willen jullie zoals je bent, met snotneus en al. Nou, vertel eens hoe erg het is in het hotel. Huilen je broertjes daar de hele tijd? Wat moet het naar zijn als er geen geld is voor poppen en videogames. Nou, vertel het maar. Camera... Actie!'

Naomi beet zenuwachtig op haar lip. Het leek er niet op dat ze in actie zou komen. Ze was hard aan het nadenken.

'Het is best moeilijk soms. Maar dan geeft mijn moeder me een knuffel, of ik lees een boek. Of mijn vriendin Elsa vertelt een mop en dan word ik weer vrolijk.'

Ik werd vrolijk van haar woorden. Maar de regisseur had iets heel anders voor ogen. Hij begon Naomi precies te vertellen wat ze moest zeggen.

Daar stond Naomi, stijf als een houten plank voor de camera. Het zag er vreemd uit. Steeds keek ze op naar de regisseur en vroeg zenuwachtig: 'Is het zo goed? Dit moest ik zeggen, toch?'

'Nee, meiske, zeg dat nou niet. Doe nou eens gewoon. Naturel! In godsnaam,' zei de regisseur,

terwijl hij zijn haar zowat uit zijn hoofd trok.

De roze mevrouw kwam op hoge hakken naar buiten geklikklakt. Met een lange roze nagel wees ze naar het televisieteam.

'Bent u nou helemaal gek! U valt onze gasten lastig. Wij bellen de politie nog een keer, hoor. De directeur zit al aan de telefoon. En jullie, kinderen, ik waarschuw jullie. Wij zijn niet verplicht om jullie onderdak te geven, hoor. Als het niet naar je zin is, dan ga je maar ergens anders wonen.'

Ze klikklakte terug naar het hotel. Naomi keek haar bezorgd na. De tranen stonden in haar ogen.

'Meent ze dat? Ze zou ons er toch niet uit gooien, hè?' fluisterde ze. 'We kunnen nergens anders heen. En het is zo oneerlijk. Want we hebben alles al gehad. Van die afschuwelijke beestjes, kakkerlakken, die overal over de vloer ritselden. Er zat er zelfs een in het schoentje van de baby. Zelfs toen wilde de directeur de bestrijdingsdienst niet bellen. Hij zei dat wij ze zelf binnen hadden gebracht! Mijn moeder huilde toen hij dat zei. Wij vinden het juist heel belangrijk om netjes en schoon te zijn. Zelfs als er geen warm water is, gaan we elke dag onder de douche. Mijn moeder houdt de kamer supergoed schoon. Dat is heus niet makkelijk als je vier kinderen hebt. Wat moeten we nou doen? We wachten al zes maanden en nog steeds hebben we geen flat. Als we uit het hotel gaan, moeten mijn broertjes en ik naar de jeugdzorg. We willen bij onze moeder blijven!'

'Ik wil bij mama blijven,' zei Nicky.

'Mama! Mama!' dreinde Neil.

'Perfect!' zei de regisseur. De camera's hadden Naomi's uitbarsting helemaal opgenomen. 'Echt helemaal geweldig, lieve meid. Emotie-tv van de bovenste plank. Goed, jongens, we kunnen gaan.'

'En wij dan?' vroeg Naomi terwijl ze haar tranen droogde. 'Worden wij er nu uit gegooid?'

'O, eh, nou, dat lijkt me niet,' zei hij vaag.

Hij wendde zich van ons af. Hij begreep niks van ons leven. En het kon hem niks schelen. Hij wilde alleen maar een goed tv-programma maken.

Ik sloeg mijn arm om Naomi heen.

'Het komt wel goed,' zei ik terwijl ik haar knuffelde. 'Trek je maar niks van hem aan. Hij heeft ons gewoon gebruikt. Maar ik denk wel dat je echt op tv komt, Naomi.'

Dat leek Naomi niets uit te maken. Ze maakte zich alleen maar zorgen. Ze was bang dat hun gezin uit het hotel gezet zou worden.

'Ze hebben ons ook bedreigd,' zei ik. 'De directeur denkt dat mijn moeder en Ep de tv hebben gebeld. Misschien worden we er allemaal wel uit gegooid. Dan slaan we met z'n allen ergens ons kamp op. Rustig maar, Naomi. Niet huilen.'

Ik probeerde haar op te vrolijken, maar dat was niet makkelijk.

'Ik wou dat je die televisiemensen niets had gevraagd,' zei ze.

Zoiets zeiden mam en Ep ook tegen elkaar in kamer 608, toen ik de zes trappen opgeklommen was. Alleen zeiden zij het veel harder. Al in de gang kon ik ze luid en duidelijk horen.

'O, o,' zei ik.

'Het komt allemaal door jou, stomme Schot!' schreeuwde mam. 'Je had die lui nooit moeten bellen. Nou wordt ons leven hier helemaal ellendig.'

'Alsof het al niet een doffe ellende is. Het kan toch niet erger? Ik wilde juist dat het beter werd. Ga niet zo tegen mij tekeer, mens!'

Ik glipte de kamer in. Pippa lag ineengekrom-

pen in het eendenledikant, ze troostte Knuffelkussen. Boris lag op bed te draaien, hij moest
duidelijk een schone luier. Ik verschoonde hem
en nam ze allebei mee de kamer uit. Ik denk dat
mam en Ep het niet eens in de gaten hadden.

Het was al bijna etenstijd. Uit de keuken kwamen heerlijke kookgeurtjes. Mam vond nog altijd
dat het een vies hol was. Je kon er niet koken, ten-
zij je een verschrikkelijke ziekte wilde oplopen.
Mijn maag rommelde bijna mijn buik uit. Ik wilde
het risico van een verschrikkelijke ziekte best
nemen, maar we hadden niks om te koken.

Naomi's moeder stond in een heel bijzondere
bonenschotel te roeren. De heerlijkste geuren
stegen eruit op. Ze had baby Nathan op haar
heup. Hij zat tevreden te smakken.

Naomi was haar moeder alles aan het vertellen over de televisiemensen en de dreigementen
van het hotel. Naomi's moeder werd niet boos.
Ze ging rustig door met roeren.

'Het komt wel goed, kleine wijze meid,' zei ze
tegen Naomi. 'Jij maakt je te veel zorgen. Het
eten is bijna klaar. Zet jij de borden vast op tafel
in de kamer?'

Ze zag Pippa en Boris en mij kijken. We hadden vast hongerige blikken.

'Willen jullie mee-eten?' vroeg ze vriendelijk.

Dat wilden we verschrikkelijk graag. Maar er was niet zo veel, en ik vond het niet aardig om hun eten op te eten. Dus ik zei dat wij zo ook gingen eten.

Ik ging even terug naar kamer 608. Daar was de ruzie nog feller geworden. Het had geen zin om ertussen te komen. Dus Pippa, Boris en ik bleven rondhangen in de keuken. De moeder van de kleine Simon kwam frietjes bakken in een vette oude frituurpan. Het waren er zo veel dat ze boven de rand van de pan uitkwamen. Ze roken zo lekker en ze had er zo veel dat ik besloot dat we er een paar mochten eten als ze het aanbood. Maar dat deed ze niet. Simons moeder kan nogal fel zijn.

'Wat staan jullie daar te staren!' zei ze. 'Hou eens op. Ga je eigen eten halen.'

Dat was makkelijker gezegd dan gedaan. De ruzie was nog steeds op volle sterkte. We gingen op de gang zitten, met rommelende magen. Op het laatst stormde Ep de kamer uit. Hij struikelde over mijn benen. Ik had zin om hem een stomme Schot te noemen. Net op tijd besloot ik dat ik dat op dit moment beter niet kon doen. Ik wist waar hij naartoe ging. De kroeg. En voorlopig zou hij niet terugkomen.

Nu konden we tenminste terug naar onze kamer. Mam leek niet in de stemming om zelfs maar te dénken aan eten. Ze lag in bed te huilen. Toen ik met haar wilde praten, trok ze het dekbed over haar hoofd. Ze huilde nog een tijdje en viel toen in slaap.

Vijf minuten voelde ik me een beetje gek. Niet grappig gek. Meer akelig en verschrikkelijk gek. Het was geen fijne schooldag geweest. Ik kwam niet op televisie. Ik kreeg niks te eten. Ik had zin om ook in bed te gaan liggen met het dekbed over mijn hoofd en eens flink te huilen.

Maar Pippa en Boris keken me aan. Ik kon hen niet in de steek laten. Ik zette de tv aan en zei dat we lekker lang op zouden blijven. Ik doorzocht de kamer op etenswaren. Ik vond een stuk brood dat zo hard was als staal en een pot bramenjam.

'Wij gaan een heel speciaal feestmaal eten,' zei ik, terwijl ik in mams tas haar nagelschaartje zocht. Ik knipte en smeerde en maakte bijzonder speciale jambroodjes. Voor Boris maakte ik een clownsbroodje. Voor Pippa en Knuffelkussen maakte ik een teddyberenbroodje. En voor mezelf maakte ik een rood filmsterrenmondbroodje. De rode lippen kusten me, omdat ik zo'n lieve meid was.

Kipkrokantjes om mee te nemen

Ik werd vroeg wakker en ging lekker in bed in mijn moppenboeken lezen...

Waarom zijn lange mensen luier dan kleine? Omdat ze langer in bed zijn, haha!

... en toen werd Pippa wakker en wilde een knuffel. En Boris werd wakker en wilde zijn flesje en dus was het tijd om op te staan.

Mam werd niet wakker. Ep ook niet. Hij lag te snurken als een stier met een kater.

Ik moest hard praten om erbovenuit te komen. Pas na een tijdje begon mam te bewegen.

'Hou eens op met dat geschreeuw, Elsa!'

'Ik schreeuw niet,' zei ik gekwetst. 'Ik praat alleen wat harder omdat die stomme Schot kei-hard ligt te snurken.'

Mam maakte kwade armbewegingen.

'Noem Ep niet zo, jij klein ding!'

'Zo noemde je hem zelf gisteravond.'

We kregen dus meteen een kleine ruzie. Ik geloof dat ik inderdaad een beetje opgewonden was. Plotseling stopte de stomme Schot met snurken. Hij ging rechtovereind zitten. Het was geen prettig gezicht.

'Als jij niet meteen stopt met schreeuwen, Elsa, ga ik je zo'n mep verkopen, dat je nooit meer een woord durft te zeggen.'

Hij staarde me even aan met bloeddoorlopen ogen en viel langzaam terug in de kussens.

Boris hikte bezorgd. Pippa begon op haar vingers te zuigen. Ik knipoogde naar de bullebak in het bed en opende mijn mond om wat te zeggen, maar Pippa schudde haar hoofd. Ze begon me heen en weer te schudden met haar kleine kwijlhandjes. Ik knuffelde haar om te laten zien dat er met mij niks aan de hand was. Maar inderdaad was het beter om niks te zeggen. Ep mag dan een niksig figuur zijn, zijn dreigementen zijn niet niks. Hij voert ze altijd uit.

Ik stak mijn tong heel ver uit, naar de grote bult onder het dekbed. Mam lag met haar ogen open, maar ze zei niets. Toen ik even later met Pippa en Boris naar beneden wilde gaan voor het ontbijt, zat ze rechtop in bed. Ze strekte haar armen naar me uit.

'Het spijt me, lieverd,' fluisterde ze. 'Ik wou je niet in de problemen brengen. Je bent een lieve meid, dat besef ik maar al te goed. Ik weet niet wat ik zonder jou zou moeten beginnen.'

Daar werd ik een beetje vrolijker van.

Beneden zei de mevrouw luid tegen die van de telefoon: 'O, o, daar heb je weer zo'n kleine herrieschopper.' Ze wees naar mij met een lila vingernagel die precies paste bij haar nieuwe zachte trui.

'De directeur wil je vader spreken, in zijn kantoor,' kondigde ze aan.

'Hij is mijn vader niet,' zei ik en ik liep langs haar heen. Boris zat op mijn heup, Pippa hing aan de andere kant aan mijn hand.

'Ep is mijn papa,' fluisterde Pippa. 'Heeft hij problemen, Elsa?'

'Geen idee,' zei ik kort. Ik voelde me er niet prettig bij. Misschien zaten we allemaal wel in de problemen. Misschien gingen ze ons er echt uit gooien.

We gingen bij Naomi en haar familie zitten. Zij keken ook al zo ongelukkig. Naomi's moeder lachte niet zo vriendelijk naar me als anders.

'Ik zal een goede mop vertellen over cornflakes,' zei ik.

'Geen moppen, Elsa,' zei ze zuchtend.

'Oké, ik vertel de cornflakegrap morgen. Nu eerst corntbijten,' zei ik. Ik gorgelde van het lachen. Het was een melig grapje, maar ik hoopte dat de sfeer er iets beter van zou worden.

Naomi's moeder bleef strak kijken. Naomi beet kwaaiig op haar lip. Zelfs Nicky en Neil lachten niet.

'Wat is er dan?' vroeg ik terwijl ik baby Nathan begon te voeren met de vliegtuigtruc. Hij keek tenminste vrolijk.

Naomi's moeder pakte mijn arm en haalde de lepel uit mijn hand.

'Nee, laat hem. Laat ons allemaal met rust. Heb je niet genoeg ellende veroorzaakt?'

'O mam,' zei Naomi. 'Het is niet Elsa's schuld.'

'Zij was toch degene die jou in het interview praatte,' zei haar moeder. 'En nu zegt de directeur dat we weg moeten.'

'Nou, hij zegt ook dat wij weg moeten. Maar dat meent hij niet. Hij wil ons alleen maar bang maken,' zei ik.

Ik probeerde overtuigend te klinken, maar ik was zelf ook bang.

'Weet je wat, ik ga naar de directeur. Ik zal

zeggen dat het allemaal door mij kwam. Dan kunnen jullie tenminste blijven.'

Na het ontbijt sjouwde ik Boris mee naar het kantoor van de directeur. Pippa kwam schoorvoetend achter me aan.

De directeur was niet alleen. Dit keer was hij niet de grote mevrouw aan het knuffelen. Mevrouw Stofzuiger stond bij hem en hij keek niet bepaald knuffelig. Hij was haar de les aan het lezen, met een opgeheven vingertje.

'Wat is er aan de hand?' vroeg ik. 'Waarom doet hij zo naar tegen u, mevrouw Stofzuiger?'

'Jij! Mijn kantoor uit, onmiddellijk!' zei de directeur. 'Je vader en moeder wil ik spreken, niet jou.'

'Ik heb al gezegd, ik heb geen vader. Die Schotse pummel heeft niks met mij te maken,' zei ik beslist.

'O ja. Bedankt voor de herinnering. We hadden het net over de afschuwelijke teksten op de muur in de damestoiletten over een Schots persoon,' zei de directeur. Hij bleef met zijn vingertje schudden naar de arme mevrouw Stofzuiger.

'Dat heeft zij niet gedaan! Ik weet zeker dat mevrouw Stofzuiger dat soort dingen niet op de muren schrijft,' zei ik snel. Mijn hart bonkte. Het leek wel of iedereen door mij in de problemen raakte. Verschrikkelijk!

Ik besloot met een schone lei te beginnen. Maar waar haalde ik zo snel een schone lei vandaan, bedacht ik meteen. Door al die toestanden en het vieze water in onze wastafel was er van wassen niet zo veel gekomen de laatste dagen.

'Al die grappen over Ep zijn... die zijn van mij,' zei ik.

De directeur en mevrouw Stofzuiger keken mij aan.

'Heb jij al die rebelse onzin geschreven?' vroeg de directeur.

'Zelf vond ik sommige grapjes wel grappig,' mompelde ik.

'Kinderen! Vandalen! Criminelen!' zei de directeur.

'Alleen ik, hoor. Pippa niet. Zij kan nog niet schrijven. En zelfs dan – zij vindt haar vader wel oké. Ik ben de enige die hem niet uit kan staan. Dus houdt u alstublieft op met naar doen tegen mevrouw Stofzuiger, want ik was het dus.'

'O, Elsa,' zei mevrouw Stofzuiger. 'Hij weet wel dat ik het niet heb geschreven, dommerdje. Hij is boos omdat ik het er niet af kan krijgen. Ik heb al een paar keer gezegd dat die viltstift er niet af gaat, hoe hard ik ook schrob en schuur.'

'Ik zie u helemaal nooit schrobben. Het is een schande voor mijn hotel. Geen wonder dat we hier televisieprogramma's op ons dak krijgen. Als ik een fout rapport krijg, is het uw schuld!'

'Als u een fout rapport krijgt, is dat omdat u het hotel slecht leidt,' zei mevrouw Stofzuiger.

'Hoe kan ik een enorm gebouw als dit in mijn eentje schoonhouden? Waarom heeft u niet meer mensen in dienst?'

'Als u uw mond niet houdt, heb ik zo direct nog iemand minder in dienst,' zei de directeur.

'Goed dan. Dat lijkt me prima. U kunt die stomme baan houden,' zei mevrouw Stofzuiger.

Ze trok haar schort uit en gooide die recht in zijn gezicht. Daarna draaide ze zich op haar hakken om en schreed het kantoor uit. Ik besefte dat dit niet het moment was om een goed woordje te doen voor Naomi en haar familie. Ik rende achter mevrouw Stofzuiger aan.

'O nee, bent u echt uw baan kwijt? En het is mijn schuld, want ik heb die woorden op de muren geschreven,' klaagde ik. 'O, mevrouw Stofzuiger, het spijt me zo!'

'Mevrouw hoe?' vroeg mevrouw Stofzuiger. 'Is dat hoe de kinderen mij noemen? Nou ja. Maak je niet dik, liefje. Het zat me tot hier, dat poetsen voor die vent.' Ze hield haar hand ter hoogte van haar neus. 'Ik vind heus wel een andere schoonmaakbaan. Zelfs in deze crisistijd zijn die er nog wel.'

Eerlijk gezegd wist ik niet of dat waar was. Heel even wou ik dat ik zo klein was als Pippa.

Dan zou ze me op kunnen tillen en me een knuffel geven om me gerust te stellen. Vanbinnen voelde ik me wel klein. En dom. En verdrietig. En vol spijt.

Om mezelf weer groter te voelen, deed ik de volgende dag extra luid en lawaaiig en springerig en bazig op school. Niet dat het werkte. Bekkie lachte wel om mijn mopjes, maar juf Visser fronste en liet ons nablijven in de pauze. We moesten opschrijven: IK MOET LEREN OM ME NETJES TE GEDRAGEN IN DE KLAS. En dat vijftig keer.

Bekkie kan niet zo goed schrijven. Zijn woorden dansen over de lijntjes heen en naar het einde toe schrijft hij ze er helemaal onder. Ook spellen is niet zijn sterkste kant. Hij schreef steeds: IK MOED LEREN...

Juf Visser wees er nuffig naar. Ik was bang dat hij het strafwerk over moest doen, dus ik probeerde het wat te verzachten.

'Hoe kun je nou vergeten dat de stam van moeten moet is, met een t dus,' zei ze bozig. 'Dat hebben we toch vaak genoeg behandeld?'

'Wat zegt u, juf Visser, heeft hij geen moed?' vroeg ik.

Het was een grapje. Misschien een beetje een kinderachtig grapje, maar toch. En juf Visser dacht dat ik haar in de maling nam.

Weet je wat er toen gebeurde? Toen moesten we in de middagpauze ook binnenblijven. Bekkie moest vijftig keer het werkwoord 'moeten' vervoegen, je weet wel:

Ik moet

Jij moet

Hij... en zo verder.

En ik moest een nieuwe regel schrijven: IK MOET LEREN OM NIET ZO BIJDEHAND TE DOEN IN DE KLAS. Weer vijftig keer dus.

'Dat is toch dom?' foeterde ik. 'Alsof ik bijdehand mag zijn in hal, en in de gangen en in de wc's en overal. En dat terwijl ik helemaal niet bijdehand wilde doen. Het was maar een grapje.'

'Jij en je *@!+!@*-grappen!' zei Bekkie, terwijl hij driftig zijn MOET's pende.

'Ah joh, doe niet zo flauw. Luister. Een jongen moest nablijven in de pauze, net als wij. De meester zei dat hij een zin moest opschrijven van niet minder dan vijftig woorden, weet je wel. Wat denk je dat hij schreef?'

'Geen idee en ik wil het niet weten ook,' zei Bekkie. 'Kijk, ik heb al vijftien rijtjes. Zo is het goed, toch?'

'Ja. Maar kijk uit, want je e gaat zo ver over de lijn

dat het wel een g lijkt. En de o moet los van de e, niet eraan vast. Jij zit toch ook niet aan mij vast? Maar luister naar de clou van mijn grap. De jongen schreef: "Ik ging mijn kat binnenroepen voor de nacht, dus ik stond in mijn deuropening en ik riep: Kom maar, poes. Poes? Poes? Poes? Poe–'

'Hou je kop, Elsa.'

'Nee, want ik heb nog niet genoeg poezen – ik moet tot vijftig woorden komen. Hé, je schrijft weer een g in plaats van een e – en daar ook.'

'Nog heel even en je krijgt die bloedneus van me terug,' gromde Bekkie.

'Wat geef je een stier met een bloedend neusgat? Een tweede bloedneusgat.' Ik loeide als een koe, en vond mezelf vreselijk grappig. Bekkie vond er niks aan.

'Waarom hou je die moppentrommel niet eens dicht!' zei hij, zo dwingend dat ik deed wat hij wilde.

Ik wou dat hij andere woorden had gebruikt. Bij het woord trommel dacht ik meteen aan koektrommel. We hadden geen avondeten meer gehad. Het water liep me in de mond bij de gedachte aan koekjes of wat dan ook te eten.

Toen de verschrikkelijke juf Visser ons eindelijk liet gaan, konden we nog net aanschuiven en lunch krijgen. Maar alle lekkere dingen waren al weg. Er was niet één frietje meer. We moesten het met sla doen, want niemand koos ooit konijnenvoer uit zichzelf.

Ik ken een paar geweldige konijnenmoppen, maar ik besloot ze even voor me te houden. Bekkie was duidelijk nog niet toe aan grapjes. Hij werkte zich serieus een weg door zijn grote bord met sla.

Er kwam een nieuwe leerkracht, die 's middags zangles gaf in de grote hal. Het was een opluchting om even van Visoog af te zijn. Bovendien kon ik mijn zorgen dan van me af zingen. Ik kende niet veel van de liedjes, maar ik ben altijd goed in improviseren geweest. Dus ik dacht nergens meer over na en liet me gaan.

De juf stopte plotseling met pianospelen. Haar gezicht was een beetje verfrommeld, alsof ze een verschrikkelijke hoofdpijn had.

'Wie maakt er zoveel... lawaai?' vroeg ze.

We keken haar aan. Wat bedoelde ze? We maakten allemaal geluid. We zongen.

Maar dat leek ze niet mooi te vinden. Ze liet ons opnieuw beginnen, nu zonder piano. Ik besloot me niet van de wijs te laten brengen. Ik zong voluit. De lerares schudde haar hoofd.

'Jij daar,' zei ze en ze wees in mijn richting.

Ik keek om me heen. Nee, er stond niemand achter mij. Ze wees naar mij.

'Jij, jij. Dat kleine hotelkind.'

De andere kinderen grinnikten. Ik voelde hoe mijn gezicht begon te gloeien, als een boterham in het broodrooster van het hotel.

'Kun je proberen minder hard te zingen, alsjeblieft?' vroeg ze.

'Waarom?' vroeg ik verbaasd.

'Omdat je nogal vlak zingt, meis. En vals bovendien. Het zou nog beter klinken als jij helemaal niet zong, zelfs niet zachtjes. Misschien moet je beginnen met alleen maar met je hoofd te knikken op de maat van de muziek.'

De andere kinderen lagen dubbel. Ze stootten elkaar aan en maakten opmerkingen.

'Een echte artieste, hoor! Ze kan nog niet eens in de maat blijven,' hoorde ik.

De hele zangles lang moest ik mijn mond houden. Wel moest ik knikken op de maat, als een stomme pop. Daarna had ik ook niet veel zin meer om geluid te maken. Op weg van school naar huis zei ik weinig. Bekkie probeerde me aan de gang te krijgen, maar dat lukte hem niet.

'Wat is er, Elsa?' vroeg Naomi en ze sloeg een arm om me heen. 'Sorry dat mijn moeder zo boos deed. Het was niet eerlijk om op jou te vitten.'

'O, ik weet niet. Iedereen vit op mij,' zei ik strak.

'Hè, doe niet zo. Jij bent altijd zo vrolijk. Ik vind het naar als je zo verdrietig bent. Vertel eens een grapje, kom op.'

Maar het was zo'n dag dat ik geen zin had om een mop te vertellen. Terug in kamer 608 kreeg ik een knuffel van mam. Ze stuurde Ep erop uit om een gebraden kip te kopen voor het avondeten.

'Om het goed te maken van gisteren, lieverd,' zei ze. 'Het spijt me dat het zo liep. En Ep vindt het ook vervelend. Vandaag gaat het weer beter met hem.'

Ep voelde zich beter. Mam voelde zich beter. Alleen ik voelde me helemaal niet beter. Normaal gesproken was ik gek op gebraden kip. Ik vond het leuk om met Pippa in kleermakerszit op de vloer te zitten en *Het kleine huis op de prairie* te spelen. Wij kloven de pootjes en vleugeltjes van een kip die Pa zelf geslacht had. Buiten liepen beren grommend rond, omdat ze het eten roken. Wij waren veilig binnen in ons kleine houten huis.

'Speel ons spel,' commandeerde Pippa, maar op de een of andere manier lukte het me niet. Normaal gaan we aan het eind van ons spel Boris voeren. We doen of hij een babybeertje is en voeren hem kleine stukjes kip. Boris vindt dat ook een leuk spel. Daarna zingen we een prairielied. Maar dit keer was het anders. Ik had het gevoel dat ik nooit van mijn leven meer wilde zingen.

Ik wilde niks zeggen.

Ik wilde geen moppen vertellen.

Ik wilde mij niet zijn.

'Alsjeblieft, doe eens wat vrolijker, Elsa,' zei mam. 'Kom op, als je zo blijft sippen, moet je maar naar bed gaan.'

'Maakt me niks uit,' zei ik.

Dus ging ik vroeg naar bed – eerder dan Pippa, zelfs eerder dan Boris. Niet dat het makkelijk was om te slapen met het licht aan en de televisie hard. Tweeënhalf mens waren in de kamer van alles aan het doen. Ik verborg mijn hoofd onder het dekbed en rolde mezelf op als een balletje en deed mijn handen tegen mijn oren.

Toen ik wakker werd, was het stil. Ook als ik

mijn handen van mijn oren haalde. Ik stak mijn hoofd onder het dekbed uit. Het was donker en ik zag bijna niks. Het leek midden in de nacht.

Maar... iemand was eten aan het klaarmaken. Ik rook frietjes. Ergens waren mensen heel laat op en maakten middernachthapjes. Ik likte over m'n lippen. Ik had niet eens al mijn kip opgegeten omdat ik me zo rot voelde. Ik zou best een hapje van iets lusten.

Wie zou er aan het koken zijn, vroeg ik me af. De meeste mensen kende ik inmiddels. Met de meesten kon ik goed opschieten. Misschien wilden ze wel een frietje of twee met mij delen.

Ik gleed uit bed. Pippa murmelde iets in haar slaap, maar ze werd niet wakker. Zachtjes schoof ik met mijn voeten over de volle vloer, over Pippa's kleine pony, recht in het vette karton waar de kip in had gezeten.

Eindelijk was ik bij de deur. Heel voorzichtig deed ik open, zodat de deur niet zou kraken, en stapte de gang op. Even stond ik daar. De geur was hier veel sterker. En aan het eind van de gang, in de keuken, flikkerde een vreemd licht. Er kwam rook vandaan. Wacht eens. Waar rook is, is... VUUR!

We hebben onze friet bijna

Eén seconde stond ik stil. Ik staarde naar de vlammen. Toen gooide ik mijn hoofd achterover en gaf een enorme leeuwenbrul.

'BRAND!' schreeuwde ik. 'BRAND! BRAND!'

Ik bonkte op de deur van kamer 612. Ik bonkte op 611. Ik bonkte op 610, op 609, teruglopend door de gang en de hele tijd keihard brullend: 'BRAND BRAND BRAND BRAND BRAND BRAND BRAND BRAND!'

Ik schreeuwde zo lang en zo hard dat het voelde alsof er brand woedde in mijn eigen hoofd. Het was roodgloeiend. En toen kwam ik bij kamer 608 en ik stormde schreeuwend naar binnen, terwijl ik het licht aandeed.

'BRAND!' Ik vloog naar mam en schudde haar schouder. Ep richtte zich op een elleboog op, zijn ogen waren rooddoorlopen.

'Hou je klep!' mompelde hij.

'Kan niet. Er is brand in de keuken. Snel, snel, mam, wakker worden! Pippa ook, kom op, uit bed!'

Mam zat rechtop en schudde haar hoofd. Ze was nog half in slaap. Ep sprong als eerste plotseling uit bed. Hij greep Boris uit het ene bed en Pippa uit het andere.

'Het is goed, Elsa. Ik breng ze naar buiten. Maak jij de anderen in de gang wakker,' zei hij bruusk.

'O lieve god, wat moeten we dan doen?' zei mam, terwijl ze zenuwachtig uit bed strompelde.

'Gauw kinderen, doe zo snel mogelijk wat kleren aan – ik zal Boris doen.'

'Nee nee, daar is geen tijd voor. We moeten naar buiten,' zei Ep. 'Geen kleren, geen speelgoed, geen getreuzel – WEG HIER!'

'Knuffelkussen!' riep Pippa. Ze worstelde om los te komen, maar Ep hield haar stevig vast.

'Ik heb hem,' zei ik en ik griste Knuffelkussen van haar bed.

En toen liep ik de gang weer op, terwijl ik 'BRAND BRAND BRAND!' riep.

Er was veel meer rook nu. Ik hoorde gekraak en geknisper van vuur. Het was een afschuwelijk geluid. Een man rende in zijn pyjama naar de keuken, maar toen hij dichterbij kwam, ging hij langzaam lopen en algauw liep hij terug.

'Haal iedereen uit de kamers!' riep hij. 'De hele keuken staat in lichterlaaie. Blijf gillen, meisje, zo hard als je kan. Maak ze allemaal wakker.'

Ik haalde diep adem en bleef mijn verschrikkelijke alarmroep herhalen. Sommige mensen kwamen meteen uit hun kamer. Anderen schreeuwden terug. Iemand begon te gillen dat we hier allemaal levend zouden verbranden.

'Kalm blijven! Niemand verbrandt levend als jullie kalm blijven,' riep Ep door de gang. Hij had nog steeds Pippa onder zijn ene en Boris onder zijn andere arm. Mam stommelde achter hem aan in haar nachtjapon. Ep droeg alleen een onderbroek en een hemd. Op elk ander moment zou ik omgevallen zijn van het lachen, zo belachelijk zag hij eruit.

We zagen er allemaal raar uit. Mensen kwamen recht uit bed hun kamer uit; in nachtpon, pyjama, T-shirt of ondergoed. Sommigen hadden een handtas meegenomen, anderen grotere tassen. Ik zag mensen die hun bezittingen in een deken hadden gegooid, die ze meesleepten door de gang.

'Laat al je spullen en dingen liggen! Snel die trappen af! Kinderen dragen! Kom op, opschieten!' schreeuwde Ep. Hij beukte zijn vuist tegen het brandalarm dat aan het eind van de gang aan de muur hing. Het begon keihard te rinkelen.

'Ga naar de vijfde en druk daar op het alarm,

Elsa!' riep Ep. 'En blijf "Brand!" roepen om al die slaperige mensen goed wakker te krijgen. Toe maar, meid, je doet het hartstikke goed.'

Ik denderde de trap af naar de vijfde en zocht het alarm. Het was kapot. Nu wist ik het weer. Weken geleden had een van de jongens het kapotgemaakt en niemand was erachteraan gegaan om het te laten repareren. Maar ik was niet kapot. Ik was in topvorm.

'BRAND!' brulde ik. 'Opstaan! Opstaan! Kom op, wakker worden! BRAND! BRAND!'

Ik rende de hele gang door en bonsde op alle deuren. Ik schreeuwde mijn keel helemaal schor. Daarna haastte ik me terug naar de trap, voorbij slaperig stommelende mensen in hun nachtkleding. Waren mam en Pippa en Boris en Ep wel veilig? Ik wist het niet zeker en daar werd ik behoorlijk wanhopig van.

'Elsa! Elsa, waar ben je? Lieverd, kom hier!'

Het was mam, die zich schreeuwend een weg terug omhoog vocht.

'O Elsa!' Huilend stortte ze zich op me. Ze hield me vast alsof ze me nooit meer los zou laten.

'Ik dacht dat je bij ons was. Maar toen ik achter me keek, was je er niet. Ik móést terug. Ep zei wel dat het goed met je was en dat je mensen aan het wakker maken was... O Elsa, lieverd, je bent veilig!'

'Tuurlijk ben ik veilig, mam,' zei ik en ik knuffelde haar stevig. 'Maar ik moet verder naar beneden, naar de vierde verdieping. Niemand kan zo brullen als ik. Luister maar. BRAND!'

Mam sloeg bijna achterover door de kracht van mijn stem.

'Allemachtig! Ik denk niet dat iemand daardoorheen kan slapen. Maar het is goed, ze hebben overal het brandalarm al aangezet. Er zijn al mannen aan het werk om iedereen uit de kamers en uit het hotel te krijgen. Ze hebben de brandweer ook al gebeld. Kom jij maar met mij mee, schat, hou mijn hand stevig vast,' zei mam.

We schuifelden tussen de andere mensen naar beneden, dicht tegen elkaar aan gedrukt. Op de lagere verdiepingen was geen rook, maar toch waren mensen in paniek. Ze drukten en duwden, probeerden te rennen en schoven anderen opzij. Een kindje viel, maar zijn moeder trok hem meteen weer op. Een man nam hem op de schouders, zodat hij niet gewond kon raken.

De trappen leken wel een eeuwigheid te duren. Ik had het idee dat we verder en verder naar beneden liepen, naar het binnenste van de aarde. Eindelijk maakte het linoleum op de vloer plaats voor het tapijt van de eerste verdieping. En toen onze voeten maar door wilden rennen, verder naar beneden, waren we plotseling op de begane grond.

Daar liep de directeur in een luxe kamerjas. Hij wrong zijn handen in elkaar.

'Wie van jullie gekken heeft brandgesticht in mijn hotel!' riep hij. 'Ik laat hem vervolgen!'

'En dat zullen wij ook doen met u,' donderde Ep. 'Het brandalarm werkt hier niet eens! We waren allemaal levend geroosterd als mijn kind er niet was geweest!' Hij had Pippa en Boris nog steeds onder zijn armen. Hij draaide zich naar mij toe. Eén moment dacht ik dat hij mij ook nog wilde optillen.

'Ja, dat kleine meidje hier. Zij zorgde voor het alarm. Zij maakte ons allemaal wakker. Onze Elsa.'

Ik ben niet Eps Elsa en dat zal ik ook nooit worden. Maar ik vond het niet erg dat hij over me opschepte.

'Die Elsa!'

'Ja, die kleine Elsa – zij was het die steeds "Brand!" riep!'

'Zij was degene die ons wakker maakte – dat magere ding met die enorme stem.'

Iedereen was over me aan het praten terwijl we het hotel uit liepen, de straat op. Een heleboel mensen kwamen naar me toe. Ze gaven me schouderklopjes en zeiden dat ik het heel erg goed gedaan had. Een man zag dat ik rilde, omdat het koud was op straat, en wikkelde zijn jas om me heen. Iemand had een hele stapel dekens meegenomen. Een paar oude vrouwen en kleine kinderen kregen er een, en toen waren ze op.

'Kom op, Jim, wees eens een heer,' zei Ep tegen de directeur. Hij 'hielp' hem uit de warme kamerjas en drapeerde die om de schouders van een rillende, oosters uitziende oma, die knikte en glimlachte. De directeur schudde zijn hoofd. Ik kon zien dat hij woest was. Hij zag er nu nog grappiger uit dan Ep, in een zijden boxershort en verder niks.

De grote mevrouw keek bedremmeld. Zonder haar zachte trui, en met krulspelden in haar haar, zag ze er heel anders uit.

Het telefoonmeisje stond te trillen in haar rode satijnen pyjama, een beetje als een grote frambozendrilpudding.

Nu iedereen veilig op straat stond, werd de brand eindelijk een beetje leuk. Van ver hoorden we de sirene al. De brandweer kwam eraan!

We maakten allemaal plaats. De brandweermannen stormden het hotel in met hun blusapparatuur. Kinderen renden achter hen aan. Ze wilden kijken. Bekkie werd door zijn moeder terug gebonjourd. Simpele Simon en Nicky en Neil begonnen zelf brandweertje te spelen. Ze renden botsend tussen de mensen door. Zelfs Boris werd aangestoken en begon het geluid van de sirene na te doen.

Ambulances kwamen aanrijden, hoewel niemand gewond was geraakt. Ook de politie was er nu. En raad eens wie nog meer? Een televisieploeg. Niet die van *Kinderen in Crisis*. Deze mensen waren van het journaal. Ook schrijvende journalisten liepen tussen de mensen door, met hun opschrijfboekjes in de aanslag. Overal klikten camera's van fotografen, ondanks het tegenstribbelen van mensen die niet in hun ondergoed op de foto wilden.

Al die mensen vroegen hoe de brand was ontstaan en wie het ontdekt had. Iemand noemde de naam Elsa en iemand anders zei dat ook en anderen zeiden hun na en toen leek het wel of

iedereen ineens mijn naam zei: 'Elsa Elsa Elsa.'
Ik!

Mensen stootten me aan, ze duwden me naar de camera's en de microfoons en de opschrijf-boekjes. Het was mijn grote gloriemoment.

En weet je wat er toen gebeurde? Ik durf het bijna niet toe te geven. Ik werd verlegen. Het liefst was ik achter mams benen gedoken.

'Kom maar, lieve meid. Vertel het allemaal maar. Dus jij sloeg alarm? Je hoeft niet verlegen te zijn, hoor. Het klinkt alsof jij juist vreselijk moedig bent,' zeiden ze. 'Vertel eens wat er gebeurd is. In je eigen woorden.'

Ik deed mijn mond open, maar er kwamen geen woorden uit. Het leek alsof ik met het 'BRAND!'-brullen mijn enorme stem helemaal opgebruikt had.

Iemand anders begon voor me te praten. Het was de verkeerde persoon. De persoon die dus echt totaal niets met mij te maken had. Maar hij deed alsof hij mijn vader was en ik zijn dochter.

'Mijn arme grietje is er nog helemaal beduusd van – vind je het gek! Wat zij niet voor elkaar heeft gekregen! Zij deed het. Zij sloeg alarm.' Eps stem klonk als een bas, hij keek rond terwijl hij sprak. Ik zag dat hij zijn buik inhield; de hele tijd dat de camera's op hem gericht waren. Hij kon niet echt zijn spierballen laten zien, want hij droeg Pippa en Boris nog steeds. Maar hij verzette regelmatig zijn voeten, alsof hij poseerde voor Mister Universe. Hij zag er niet alleen uit als een sufferd. Hij klonk er ook naar, pochend over 'mijn grietje'. Als ik ook maar een piepklein geluidje uit mijn mond had kunnen krijgen, had ik al zijn woorden fel tegengesproken.

Toen nam Pippa het over.

'Elsa is heel moedig en sterk. Ze heeft mijn baby gered.'

'Zij redde de baby?' vroegen de journalisten en ze keken naar Boris.

'Ja, zij haalde hem uit het eendenledikant. Ik huilde heel hard. Ik dacht dat hij verbrandde. Van mama en papa mocht ik niet terug om hem te pakken...'

'Ze wilden niet terug om de baby te halen?' vroegen de journalisten. Hun ogen gingen van Boris naar mam en Ep.

'Niet onze baby. Het gaat om Pippa's hoofdkussen. Dat noemt zij haar baby,' zei mam snel.

Toen ze besefte dat ze in beeld was, trok ze gauw met een hand haar pon dicht. Met de andere probeerde ze haar haar te fatsoeneren.

'Maak u geen zorgen, natuurlijk hebben we eerst onze Boris hier in veiligheid gebracht. Maar het is duidelijk dat als onze Elsa er niet was geweest, wij daar nog hadden kunnen liggen – verkoold en wel,' zei mam. Gevoel voor drama had ze wel.

'Elsa bonsde op de deuren en maakte iedereen wakker. Dankzij haar leven we nog. Ze heeft ons leven gered,' zei Naomi's moeder. 'Dat van mij en al mijn kinderen.' Ze trok ze naar zich toe zodat ze ook in beeld kwamen.

'Elsa is mijn beste vriendin,' zei Naomi. Ze knikte zo hard dat haar vlechtjes dansten.

'Elsa is ook mijn beste vriendin en ze heeft mijn leven gered,' zei Bekkie. Hij trok het grappigste gezicht dat hij kon, zijn ogen helemaal scheel en zijn mond in een gekke vorm, totdat hij een por kreeg van zijn moeder.

Ik kreeg ook een por, van mam.

'Zeg eens, lieverd. Heb je zelf niks te vertellen? Al deze aardige meneren en mevrouwen willen graag weten wat jij hebt meegemaakt met de brand. Toe maar, schat, dit is je kans,' fluisterde ze me toe.

Ik wist het. Ik slikte. Ik maakte mijn lippen nat. Ik ademde diep in.

'Brand,' murmelde ik. Het leek alsof ik nog steeds alleen maar dat ene woord kon zeggen. Ik probeerde heel hard om me te concentreren, om mezelf onder controle te krijgen. Er kraakten vlammen door mijn gedachten. Mijn hersenen gloeiden als kooltjes.

'Weet je wat er gebeurde met de plastisch chirurg die te dicht bij het vuur kwam?' Dat was bijna mijn eigen stem!

'Plastisch chirurg? Was er een arts binnen? Heeft hij het gered?' vroegen de journalisten.

'Hij smolt!' zei ik en ik begon te lachen.

Ze keken me vreemd aan. Hadden ze iets gemist?

Ik besloot professioneel door te gaan op de ingeslagen weg.

'Wat was de naam van de Spaanse brandweerman?'

'We hebben helemaal geen Spanjaard,' zei een brandweerman, terwijl hij het zweet van zijn voorhoofd wiste en zijn helm weer opzette.

'Maar hoe zou hij genoemd worden? Hosé! Snapt u hem?'

'José spreek je uit als Hosé in het Spaans,' probeerde iemand. 'Bedoelt ze dat? Maar waar slaat het op?'

'Hose, water hozen,' zei Bekkie en hij lachte.

Mam gaf me een dreigende blik.

'Elsa, hou op met die stomme grapjes van je!'

Maar nu ik op dreef was, kon ik niet meer stoppen.

'Waarom draagt de brandweerman een rode broek?' Ik wachtte een paar tellen. De journalisten keken me meewarig aan.

'Zijn zwarte zat in de was!'

'Hou je klep, Elsa,' siste Ep. Hij keek niet meer alsof ik zijn grietje was.

'Het is de schok,' zei mam. 'Ze moet alleen maar even stoom afblazen. Even vijf minuten grapjes maken, dat is alles.'

Stoom afblazen, dat was nou eens echt grappig van mam.

'Alleen is ze allesbehalve grappig,' zei Ep.

'Ik denk dat we de moppen er wel uit kunnen knippen,' zei een cameraman vriendelijk.

'Ik doe ontzettend mijn best,' zei ik wanhopig. 'Ik probeer wel een nieuwe mop, oké? Of ik kan ook heel goed een grappig stemmetje opzetten...'

'Waarom gebruik je niet je eigen stem, Elsa? En waarom doe je zo je best? Wees jezelf. Doe maar gewoon zoals je bent,' zei een man van de tv en hij pakte even liefkozend mijn kin.

'We beginnen opnieuw, oké? Vertel maar in je eigen woorden wat er gebeurde.'

'Maar als ik gewoon praat en ik vertel geen moppen, dan is het helemaal niet leuk.'

'Wie zegt dat je leuk moet doen?'

'Nou, ik. Want ik word later een beroemde cabaretière.'

'Je hoeft niet grappig te doen om beroemd te worden. En het is echt niet nodig dat mensen gaan lachen om dit verslag. We willen het hart raken van de kijkers. Dit is groot nieuws. Jij bent een grootse kleine meid, Elsa. Je doet het prima op tv als je gewoon ontspannen bent.'

'Gewoon doen is best lastig,' zei ik, 'als je in je slaaphemd buiten staat en een heleboel vreemde mensen stellen je allerlei vragen.'

Ik zei het niet grappig. Maar er gebeurde iets geks. Iedereen grinnikte me vriendelijk toe.

'En wat gebeurde er nou, Elsa? Je werd midden in de nacht wakker?'

En toen vertelde ik precies wat er allemaal gebeurd was. Ik begon met de geur van friet, dat ik er hongerig van werd en uit bed ging en dat ik een paar frietjes ging vragen. Daar lachten ze ook om.

Ik wist nog dat ik gestruikeld was over Pippa's pony en opnieuw klonk er gelach – terwijl ik nog niet één klein mopje had verteld!

Ik vertelde over de rook en het door de gang rennen om op deuren te bonzen en te roepen. Ik wachtte even, zodat ze konden lachen, maar ze luisterden serieus en vol aandacht. De verslaggever van de televisie vroeg wat ik dan geroepen had, dus ik antwoordde: Brand. Zei je dat zo, vroeg hij, en ik zei dat het veel harder kon. En toen moest ik dat maar eens laten zien. Dat deed ik. Ik gooide mijn hoofd in mijn nek en brulde: 'B-R-A-A-A-A-A-A-A-A-A-A-A-A-N-D!!!'

Daarvan vielen ze met z'n allen bijna achterover. Sommigen deden hun handen over hun oren. Anderen schudden met hun hoofd. Toen begon iemand te lachen en iedereen deed mee. Iemand anders begon te juichen. En nog iemand. Een heleboel gejuich. Voor mij. Voor mij!

Dit was mijn grote beroemde moment. Ik had het toch niet allemaal verziekt.

Mijn interview werd uitgezonden op tv. Ik vond dat ik stom overkwam, maar iedereen zei dat ik het geweldig deed. Nou ja, mam mopperde omdat haar haar belachelijk zat en ze geen make-up droeg. Ep morde omdat ze hem er bijna helemaal uitgeknipt hadden en hem alleen vanaf zijn middel hadden gefilmd. Nu kon niemand zijn harige, gespierde benen zien. Maar in mijn interview was helemaal niet geknipt.

Het was me niet gelukt om in het programma *Kinderen in Crisis* te komen. Maar wat denk je? Mijn nieuwsinterview werd later dat jaar herhaald in een speciaal programma dat *Kinderen met Moed* heette. Ik werd gevraagd voor een interview door een knappe blonde presentatrice met grote witte tanden.

Mam nam wat gokgeld van Ep om mooie nieuwe kleren voor me te kopen in Bloemenzee. Ze liet me allerlei meisjesachtige jurken passen met roesjes en borduurseltjes, maar ze stonden me allemaal even stom.

Ze gaf het op en liet me zelf kiezen. Ik wilde een zwarte spijkerbroek, want dan kun je het niet zien als hij vies wordt. Mam kocht er een zwart bloesje bij en knoopte haar rode sjaal om mijn hals. En wat denk je dat we in een tweedehands winkel vonden? Rode cowboylaarzen! Ze waren iets te groot, dus propten we stukjes krant voorin. Ze stonden geweldig!

De blonde dame met de grote tanden vond

mijn outfit prachtig. Ze zei dat ik wel een cowboy leek. Ik was een beetje zenuwachtig, dus ik kon niet zo goed nadenken. Daarom viel ik al snel in een reeks cowboymoppen.

'Het draagt een cowboyhoed, kan heel hard rennen en heeft stippen... Lucky Luipaard!'

Ze lachte! Het was niet zo'n heel grappig mopje, eigenlijk nogal een oude, maar ze bleef om me lachen. Ze zei dat ze gek was op moppen, hoe ouder en meliger hoe beter. Misschien kon ik eens naar haar eigen programma komen en mijn eigen show opvoeren!

Mijn beste en grootste ontbijt ooit

Nadat de brandweer het vuur had geblust, gingen we niet terug naar kamer 608. Het was niet zo dat alles helemaal verbrand was. Alleen de keuken was één grote zwarte kruimelige bende geworden. Maar in de gang hing een dikke rook en alles was drijf- en drijfnat. De kamers zagen eruit alsof iemand in de weer was geweest met enorme spuitbussen zwarte verf. Al onze spullen waren bedekt met een zwarte stroperige prut, en het rook zo scherp dat mijn neus er pijn van deed.

'Het spijt me, mensen,' zei de hoofdbrandweerman en hij schudde zijn hoofd. 'Jullie zullen een paar weken in een tijdelijk onderkomen moeten wonen.' Hij keek verbaasd toen de bewoners van het hotel begonnen te juichen.

De directeur in zijn zijden boxershort kwam in

opstand. Slechts een paar kamers waren echt beschadigd, zei hij, en de eerste verdiepingen waren nauwelijks aangetast. Er was wat gedoe en de kamers werden geïnspecteerd. Uiteindelijk werd besloten dat alleen de bewoners van de bovenste twee verdiepingen zouden worden geëvacueerd.

Wij van de zesde en de vijfde verdieping omhelsden elkaar en we dansten en juichten. De andere bewoners mokten en klaagden. Naomi en ik gaven elkaar een dikke knuffel, want zij zat op de vijfde, dus ze ging mee.

Bekkie kwam naar me toe en we groetten elkaar met onze vuisten tegen elkaar. Hij woonde op de vierde, maar hun kamer lag onder de verbrande keuken. Er was zo veel water en troep in hun kamer gelekt, dat ze er niet meer konden blijven.

We werden in politiewagens en bussen naar de kerk gebracht. Daar stonden vrouwen met een vest over hun nachtkleding kussens en slaapzakken uit te delen. Ze gaven ons ook kartonnen bekertjes met soep – die we goed konden gebruiken, want het was heel koud in de kerk. De vloer was glad. Het was leuk om er met je sokken overheen te glijden. Maar het was niet echt lekker zacht en warm om op te slapen. Ik wilde dit bed nummer 8 eigenlijk niet meetellen. Vooral niet omdat het opeens heel vol werd toen Pippa mijn slaapzak open ritste en erbij in kroop.

Pippa woelde veel en ik moest haar vaak wakker maken als ze weer een nachtmerrie had. Dan nam ik haar mee naar de wc, anders wist ik wel wat er zou gebeuren.

Er was maar één wc en de hele nacht stond er een lange rij. Tegen de ochtend werd de rij nog langer. Er was ook maar één wastafel, maar de meeste mensen hadden toch geen tandenborstel of handdoek bij zich.

'Ik weet niet waarom we zo hard juichten vannacht,' zei mam. Ze probeerde Boris' plakkerige gezicht schoon te krijgen met een vochtig doekje. 'Vergeleken bij deze kale bende is Pension de Prins een paleisje.'

'We kunnen hier niet blijven,' zei Ep. Hij kwam overeind en begon zich uitgebreid te krabben. 'Ik ga zo direct meteen naar de woningdienst.'

'O ja?' Mam keek naar hem. 'Jij gaat de straat op in je ondergoed, zeker. Ben je vergeten dat je zelfs niet één broek meer hebt? En kijk eens naar mij! Dit is alles wat ik heb – een oude nachtjapon. Al mijn kleren, mijn make-up, m'n hoepel-rokbeeldje... weg! Zelfs als ze niet verruïneerd zijn door de brand, zal iemand anders ze inpik-ken voordat ik ernaartoe kan om alles op te halen.'

Ze begon te huilen, dus ik sloeg mijn armen om haar heen.

'Niet huilen, mam.' Ik knuffelde haar stevig. 'Je hebt ons toch.'

Mam snifte nog een beetje en knuffelde terug. 'Ja, je hebt gelijk, Elsa. Ik heb mijn gezin. Mijn Ep. Mijn baby. Mijn kleine meid. En mijn bijzon-dere grote meid.'

Daar werd de bijzondere grote meid zelf een beetje snotterig van. Ik was blij dat Bekkie, die in de volgende rij slaapzakken lag, nog sliep, anders zou hij zeker gejoeld hebben. Slapend zag hij er klein uit, hij zoog zelfs op zijn duim!

Er kwamen nieuwe dames in de kerk. Ze begonnen een enorme ketel thee op te warmen. Ze hadden dozen vol pakken koekjes bij zich. Ik hielp met rondbrengen. Er was genoeg voor een tweede en een derde portie. Ik vond een ontbijt van een gevulde koek, een Choco Prince en twee speculaasjes best wel oké.

Toen begonnen de dames grote zwarte plastic

zakken binnen te sjouwen, die vol zaten met kleren.

'Kom maar, en pak wat je nodig hebt. Er is genoeg voor een nieuwe outfit voor iedereen.'

'Mooie boel,' mopperde mam. 'Het is ouwe rotzooi uit de tweedehandswinkels, volgens mij. Je denkt toch niet dat ik de afgedragen troep van een ander ga dragen?'

Ze keek naar de moeder van Bekkie, die zich in een strak zwart rokje probeerde te wurmen.

'Dat kan ze vergeten. Zij krijgt dat ding nooit over die dikke kont.' Mam bleef doormopperen. En toen Bekkies moeder haar pogingen eindelijk opgaf, sprong mam op en greep het rokje.

'Zie! Dacht ik het niet. Een Betty Barclay-rokje. Dat heb ik zien hangen in Bloemenzee. Kijk eens, past het?'

Mam trok het over haar smalle heupen en showde het. 'Ik vraag me af of het jasje er misschien ook bij zit.'

Mam begon zich door de mensen heen langs de zakken te worstelen en kwam een tijdje later terug met allerlei kleding. Ze had zelfs een paar hoge hakken gevonden, precies in haar maat. Het was moeilijker voor haar om spullen voor Ep te vinden. Wat logisch is, want de enige maat die hij past is mateloos, een soort xxxxL. Mam vond een sweater die net over zijn lijf paste, maar de grootste broek was nog niet groot genoeg en viel tot boven zijn enkels.

Ook voor onze Boris de Beer was het niet makkelijk om iets te vinden. Er waren veel babykleren. Maar Boris was zo groot dat zelfs het kruippakje voor een eenjarige dat mam hem aan had gedaan, bij elke diepe ademhaling losschoot.

Pippa was geen probleem. Zij paste al die schattige jurkjes en kon zelfs kiezen. Ik zag er belachelijk uit in het enige jurkje in mijn maat dat mam kon vinden. Ze gooide het meteen terug op de stapel. Naomi pakte het en haar stond het prachtig. Maar dat is logisch, want haar staat alles.

Bekkie was in een zak met jongenskleren aan het trekken. Daar zocht ik ook en vond een spijkerbroek en een sweater en een geweldig baseballjack met een leeuw erop!

'Nou, we zijn er helemaal klaar voor,' zei Ep. 'Maar waarvoor precies weet niemand. We kunnen nergens heen.'

Maar dat was niet waar.

Je raadt nooit waar we terechtkwamen!

Iemand van de gemeente en de man van de

woningdienst kwamen naar de kerk om het te vertellen. We konden allemaal tijdelijk naar een nieuw hotel. Niet zo'n vergane-glorie-pension, nee, een echt hotel. Het Sterren Hotel. Met sterren dus.

Toen we door de glazen deuren naar binnen liepen, leek het wel alsof we een sprookjesland hadden gevonden. In de hal stonden overal zachte sofa's. Er lag dik rood tapijt en aan het plafond schitterde een reusachtige kroonluchter. Overal stonden vazen met bloemen.

Wij, de hotelkinderen, dromden samen in de hal. Mam en Ep en Naomi's moeder, de vader en moeder van Bekkie en de andere ouders verspreidden zich over de verschillende sofa's. We konden heerlijk rennen in de hal, over het lekker zachte rode tapijt. We renden de enorme trap op en weer af en drukten op alle knoppen van de liften.

De directeur kwam uit zijn kantoor om kennis te maken. Hij leek niet dolgelukkig om ons te zien, maar hij gaf iedereen een hand, tot het kleinste kleverige handje aan toe. Hij heette ons welkom in het Sterren Hotel, zei hij.

Daarna was er een hoop gedoe over de kamers, onderhandelingen over en weer en zelfs een ruzietje tussen de directeur en het hoofd van de receptie. Deze receptioniste was niet blond maar donker, en gespierd in plaats van zacht, maar ook zij had lange, puntige nagels, waar ze heel ongeduldig mee kon tikken.

Eindelijk was het allemaal geregeld en ze gaf ons allemaal een klein kaartje als sleutel.

Wij kregen suite 13. Sommige mensen geloven dat dat een ongeluksgetal is. Ons bracht het puur geluk.

Ik zei dus suite, hè, niet kamer. Toen we met de lift naar de eerste verdieping gingen, en genie-

tend over het dikke tapijt liepen, likte Pippa haar lippen. Ze had het Engelse woord 'sweet' verstaan, en dacht dat ze een heel lekker snoepje zou krijgen. Maar ook ik had geen idee wat ons te wachten stond.

Suite 13 was niet zomaar een kamer. Het waren twee kamers, samen net zo groot als onze kleine flat van lang geleden. Maar aan suite 13 was niks kleins te ontdekken. Hij was echt heel groot – en prachtig. De grootste kamer was blauw, met donkerblauwe fluwelen gordijnen en een sprei in dezelfde kleur op het enorme bed.

Aan de muur hing een schilderij van een jongen in een blauw fluwelen pak. Op een tafeltje stond een blauwe glazen vaas met kleine blauwe roosjes. Er was een kaptafel met drie spiegels, waarin je je kapsel ook aan de achterkant kon bekijken. In een blauwe leren map zat schrijfpapier en enveloppen, en een blauwe pen met sterren erop. Er was een enorme televisie, waarop al onze favoriete kanalen te vinden waren.

Achter een deur was de badkamer. Die was ook blauw, met een blauw bad, een blauwe wastafel en zelfs een blauwe wc. Alles glom als het oppervlak van de zee, zo schoon was het. Op een glimmende parelmoeren schelp lagen kleine blauwe flesjes met shampoo en badschuim en zeepjes van vergeet-mij-nietjes. Mam drukte ze verheerlijkt tegen haar neus, haar ogen straalden.

Ep gooide zijn schoenen uit en ging op het grote bed liggen, met Boris op zijn buik. Het bed was zo groot dat zelfs Ep erin paste zonder dat zijn voeten uitstaken. Maar misschien moesten we er allemaal wel in slapen, want het was het enige bed in de kamer.

Toen zag ik nog een deur. Daar was een tweede kamer, met drie eenpersoonsbedden, drie nachtkastjes en drie kleine houten stoeltjes met uitgezaagde hartjes en rozen erop geschilderd. Het zag eruit als de slaapkamer van drie beertjes uit een sprookje, met beren op de spreien. Aan de muur hing een schilderij van Goudlokje.

De vloerbedekking en de muren waren lichtblauw, maar het plafond was donker als de nacht, met overal sterren. Toen ik die nacht in mijn schitterende, zachte superbed nummer 9 lag, kon ik de sterren nog steeds zien. Het waren magische sterren; ze gloeiden op in het donker.

Ik wilde niet slapen. Stel dat dit allemaal maar een droom was. Stel dat ik wakker werd in dat verschrikkelijke Pension de Prins.

Het was echt geen droom. Ik werd vroeg wakker en lag nog een tijdje te genieten van het heerlijke bed. Daarna ging ik eruit, naar de andere kamer. Mam en Ep lagen in elkaars armen en keken tevreden in hun slaap.

Ik oefende wat nieuwe grappige gezichten voor de kaptafel. Daarna pakte ik pen en papier en schreef brieven naar al mijn vrienden.

Beste Jan,

Hopelijk ben je me niet vergeten. Ik ben Elsa en ik vind mijn nieuwe school niet zo leuk. Mijn nieuwe huis wel. Het is een ontzettend luxe hotel en dat is dichter bij jouw school. Misschien mag ik terugkomen, dat zou SUPER zijn.

Groetjes van Elsa

PS Ik ben dat meisje dat iedereen traag vond. Maar jij zei dat ik INTELLIGENT was.

★ STERREN HOTEL ★

Beste mevrouw Stofzuiger, sorry
mevrouw Epperson,

Nou, het Sterren Hotel is dus VEEL beter dan
de Prins. Waarom komt u hier niet werken?
Ik weet zeker dat u het leuk zou vinden en
ik zou u helpen. Overal is heel mooi behang
en niemand kladdert erop.

Groetjes van Elsa

★ STERREN HOTEL ★

Lieve Naomi,

Vind jij het hier ook zo fijn? Mijn slaapkamer heeft sterren aan het plafond, de
jouwe ook? Ik hoop dat we in geen jaren en
jaren terug hoeven naar de Prins.

Zie je bij het ontbijt.
Groetjes van je vriendin
x x x Elsa

STERREN HOTEL

Beste Bekkie,

Heb jij ook gezien dat achter in de tuin van het hotel heel veel bosjes zijn? Misschien kunnen we een hut bouwen.

Zie je
Elsa

STERREN HOTEL

Lieve Boris,

Hallo grote Boris de Beer!

Liefs van je grote zus Elsa

x x x

STERREN HOTEL

Lieve Pippa,

Je kunt nog niet lezen, dus ik lees deze brief aan je voor. Hij is van mij, Elsa, om te zeggen: GOEIEMORGEN en we gaan lekker spelen vandaag.

Liefs van je grote zus Elsa

x x x x x x x x x x x x x x x x x x x x

Beste Ep,

Och Aye the Noo.

Dat zijn de enige Schotse woorden die ik ken.

Elsa.

Lieve mam,

Het is hier zo prachtig. Ik denk niet dat je ooit nog verdrietig of somber hoeft te zijn, hè?

Heel veel liefs van Elsa

x x x x x x x x x x x x x x x x

Lieve Elsa,

Ik heb een geweldige tijd hier. Ik heb vele vele brieven geschreven, zelfs een aan het mannetjeszwijn!!!
Ik ben te vrolijk om iemand te haten, wie dan ook. Op mijn plafond zitten sterren. Ik heb ook sterren in mijn ogen want het is helemaal super hier in het Sterren Hotel.

Liefs en x x x
van Elsa

Zo! Ik had alle velletjes papier beschreven en toen had ik ontzettende zin in het ontbijt.

Ooo, dat ontbijt! Dat krijg je in een prachtige kamer met een donkerroze krultapijt en roze zacht behang op de muren. De tafelkleedjes zijn ook roze. Je gaat aan tafel zitten en legt een roze servet op je schoot. Een serveerster in een zwarte jurk met een wit schortje komt naar je toe en vraagt wat je wil drinken. Daarna sta je op en haal je allerlei lekkere dingen van het ontbijtbuffet. Je mag pakken waar je zin in hebt. Er is heel veel van alles.

Zelfs mam at veel meer dan anders. Ze nam versgeperst sinaasappelsap en zwarte koffie en geroosterd brood met boter en jam.

Ep nam thee en een kom pap, want daar houden Schotten van. En toen at hij een groot bord vol gebakken eieren met spek en champignons en worstjes. Daarna nam hij nog meer spek, want daar is hij gek op.

Pippa deed niet eens hetzelfde als ik! Ze koos alles zelf. Appelsap en chocoladepops met melk en een zacht wit broodje met boter en honing.

Boris kreeg warme melk en een klein schaaltje pap, net als zijn vader. Hij kreeg eindelijk weer eens een zacht ei, waar mam kleine stukjes brood in doopte voor hem. Hij vond het heerlijk en zwaaide enthousiast met zijn armen om te laten zien dat hij het naar z'n zin had. Hij liet een paar kruimels, of eigenlijk wel meer dan een paar, vallen op het tapijt, maar niemand vond het erg. De serveerster kietelde hem onder zijn kin. Ze noemde hem een lekker cherubijntje!

Mam en Ep en Pippa en Boris wisten allemaal precies wat ze wilden hebben als ontbijt. Ik was de enige die gewoon niet kon kiezen. Het zag er allemaal zalig uit. Dus nou mag jij raden wat ik nam. Van alles wat.

Ik dronk thee met melk én rode vruchtensap. Over mijn cornflakes strooide ik gekleurde muisjes. Ik nam ook een beetje muesli met extra rozijnen en appelschijfjes. Natuurlijk nam ik ook roerei met tomaat op geroosterd brood en ik deed worstjes in een broodje alsof het een hotdog was. Daarna kreeg ik een superlekker stukje taart gewoon helemaal op, tot het kleinste kruimeltje. Het was het lekkerste ontbijt ooit.

Met het rode sap en de kersenjam van de taart zag ik eruit als Dracula. Dat deed me denken aan een Dracula-ontbijtmop, wat een goed begin was.

Ik vertelde mopjes aan mam en Pippa en Boris

en Ep en daarna aan Noami en aan Bekkie aan de andere tafels. Ik probeerde ze ook uit op de serveerster omdat ze me aardig leek. 'Jij bent me er een,' zei ze en ze lachte om mijn grapjes! Wil je er een paar horen?

Wat kiest Dracula bij het ontbijtbuffet?
De hals van de serveerster.

Wat eet een kannibaal graag als ontbijt?
Geroosterde gasten.

Hoe ziet een kannibaal een kind in een hangmat?
Ontbijt op bed.

Wat gebeurt er als een baby rijstwafels eet?
Hap, kraak, poep.

Het is grappig en het ligt op je boterham.
Hagels lach.

Ik moet stoppen met al die moppen. Nou ja, nog eentje dan. Wat krijg je als je kokend water in een konijnenhol giet?
Withete konijntjes!

Ik ben niet witheet. Ik ben supercool.
Ik ben niet boos. Ik ben blij blij blij.
Ik ben geen gewoon kind. Ik ben Elsa en ik brul als een leeuw.

Hé, wat krijg je als je een leeuw kruist met een papegaai?

Dat weet ik niet, maar als hij zegt: 'Lekker lekker,' zou ik voor de zekerheid *heel vriendelijk*

LACHEN!